KB067332

행위예술가 강성국

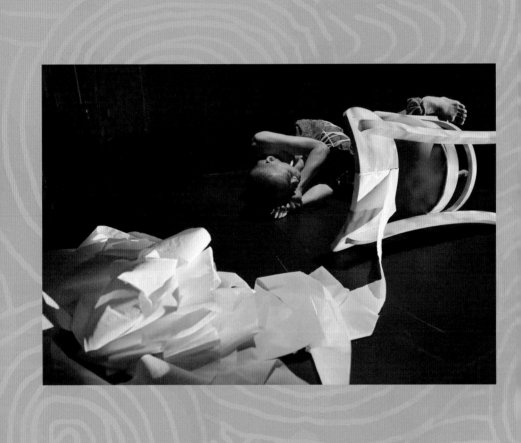

?

?

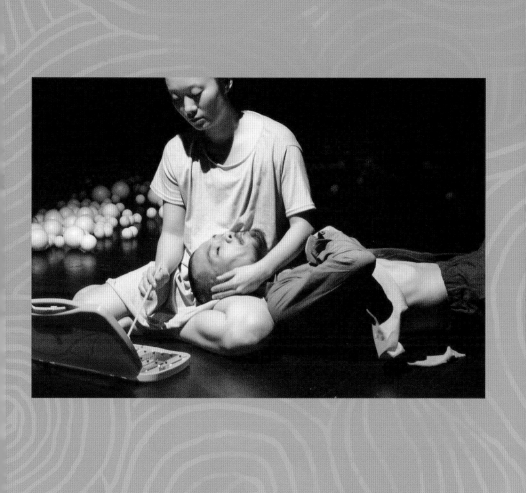

?

누구 시리즈 **12**

강성국의 몸의 노래―**누구 시리즈 12**
강성국 지음

초판1쇄 발행 2017년 12월 19일

지은이 강성국
펴낸이 방귀희
펴낸곳 도서출판 솟대
등 록 1991년 4월 29일
주 소 서울시 금천구 서부샛길 606, 대성지식산업센터 b동 2506-2호
전 화 02)861-8848
팩 스 02)861-8849
홈주소 www.emiji.net
이메일 klah1990@daum.net

제작 · 판매 연인M&B 02)455-3987

값 10,000원

ISBN 978-89-85863-71-1 03810

주최 사 한국장애예술인협회
후원 문화체육관광부 한국장애인문화예술원
Korea Disability Arts & Culture Center

국립중앙도서관 출판시도서목록(CIP)

이 도서의 국립중앙도서관 출판예정도서목록(CIP)은 서지정보유통지원시스템 홈페이지
(http://seoji.nl.go.kr)와 국가자료공동목록시스템(http://www.nl.go.kr/kolisnet)에서
이용하실 수 있습니다.

CIP제어번호 : CIP2017031048

12

누구 시리즈

강성국의
몸의 노래

강성국 지음

뇌성마비 행위예술가가
온몸으로 전하는 희망 메시지

도서출판
솟대

몸이 곧 예술이다

바삐 움직이는 근육을 서서히 붙잡으려 애를 쓴다
잠시 눈을 감고 숨을 참고 있으면 음악이 흐른다
내 두 눈에 검은 천막이 쳐지고
나는 나의 영혼을 만나러 떠난다
지금 나는 누군지
난 어디서 사는지
난 어디서 왔는지
깨닫지 못한다
몸이 가는 대로
음악이 흐르는 대로
난 그저…
무대에서 내 자유로운
영혼을 만나고 있을 뿐.

당신은 지금까지 어떤 시선을 주고받으며 살아왔나요?

오해, 착각의 시선들로 살고 있진 않나요?

어떠한 시선들로 인해 눈물을 흘리나요?

당신에게 아프거나 따뜻했던 시선들은 언제였나요?

머물러 있거나 모른 척하고 있지는 않나요?

2017년 겨울
행위예술가 강성국

차례

내 몸의 노래

...

땅거미가 내렸다. 조용하고도 일사분란하게, 어둠은 그렇게 두드린
다. 이제 시작이 적당한 때가 되었다. 〈Keep Going〉, 첫 발을 뗀다. 무
표정한 걸음이 몇 번 더 계속된다. 곧 어찌된 일인지 가야 할 곳이 분명
했던 걸음은 이내 방향과 목적을 잃고 만다. 멈칫, 휴지(休止) 뒤에도 더
이상 걸음을 계속하기란 버거워진다.

그 자리에서 둥그렇게 몸을 돌린다. 더딘 걸음은 다음 걸음에 신중
하다. 무게중심이 옮겨지면서 종아리와 어깨는 오히려 바깥을 향하고
있다. 서서히 육체에 대한 통제력을 잃어 가는 나의 의지는 몸에 이끌리
고 있다.

이러저러한 삶의 무게가 내 발을 잡는다. 출생에서부터 그림자처럼
따라붙은 고통이 엄습한다. 빠르게 등판이 저려 오더니 이내 허리까지
내려온다. 엉치에 멈춘 그것은 골반으로 헤엄치듯 퍼져 간다. 간질이듯
조롱하듯 슴벅거리는 소리가 귓전에 생생하다.

숨이 막히는 듯하더니 목덜미를 잡는다. 얼굴은 통증에 눌려 이지러지고 잔숨이 팔딱거린다. 단전에서부터 뜨거운 것이 스멀스멀 기어나오는 듯하다. "칵" 소리 내서 뱉고 싶지만 무엇인지 알 수 없는 정체는 꼬리라도 있는지 목구멍을 살살 놀리면서 당최 쫓기 어렵다. 벌겋게 달아오른 눈동자는 금세라도 실핏줄을 터트리며 붉은 피 몇 방울이라도 떨어트릴 기세다. 목구멍이든 눈구멍으로든 몸속 가득 찬 갑갑증의 덩어리를 왈칵 쏟아 내기라도 했으면 좋겠다.

중반쯤 다다랐을까? 나는 끝나지 않을 것 같은 길을 걸으면서 가쁜 숨에 호흡마저 어려움을 느낀다. 목구멍 이물감으로 불쾌했던 순간(실제 긴 시간처럼 느껴졌지만) 머릿속을 뿌옇게 채워 가는 것이 있다. 그러니까 초등학교 입학도 하기 전 어린 시절의 기억이다.

나는 좁은 마루와 닿은 작은 방 문지방을 버둥대며 넘어서고 있다. 밥상을 물리자마자 잽싸게도 자리를 박차고 나선 동생을 좇기란 장애물 넘기와도 같은 일이었다. 바로 펄떡 일어서는데는 시간이 좀 필요했는데도 나는 늘 놀러 나가는 동생을 좇아 나섰다. 필사적으로 빠르게 움직이려 했다.

후다닥 방문을 박차고 밖으로 나가 버린 동생, 내가 그렇게 크게 몇 번이나 불렀건만 야속하게도 기다려 주지 않는다. 제법 야문 동생의 등에 대고 일부러 들리도록 "엉엉!" 곡소리를 내봤자 소용없다. 쌀쌀맞게 뒤도 돌아보지 않는다. 금방 오겠다는 거짓말 위로도 없다. 차라리 거짓말이라도 해 주고 간다면 또 거짓말이라며 믿지는 않아도 그래도 동생이 내게 미안한 마음을 갖고 있다고 생각하면서 덜 섭섭했을 것 같다. 며칠 전에는 '숙제 물어보러 간다.', '색종이 얻으러 간다.', ' 전과 빌려준다 해서 간다.'며 핑계라도 대더니만 오늘은 "쌩" 빠르게도 달아났다.

난 동생을 따라 나가 골목에서 노는 게 재미있었다. '오징어'를 하거나 '다방구'를 할 때면 제일 먼저 붙들려 바닥에 뒹굴거나 빨리 뛰지 못해서 술래에게 덥석 잡히고 말지만 나를 깍두기로 삼아 몇 번이고 다시 살아날 운명을 만들어 준 골목 친구들 덕분에 늘 재미있고 신났다. 두 살 아래인 동생은 가끔 넘어진 나를 일으켜 세워 주고 앞섶에 묻은 흙먼지도 툭툭 털어 주기도 했는데 그럴 때면 꼭 그녀석이 형 같기도 했다. 그런데 오늘은 혼자만 쏙 뛰어나갔다.

'치사한 새끼!'

동생은 동네 형들과 옆동네 아이들과의 '대왕오징어' 시합을 준비 중이라고 했다. 나랑 같은 열두 살 친구 '명석'이가 말해 줬는데, 동생이 우리 동네 대표선수라고 하니 나 때문에 시합에 져서 동네의 명예(?)를 깎는 일 따위가 일어나서는 안 된다고 했단다. 그런데 생각해 보면 명석이 말이 절대 옳다. 오징어 놀이는 팔목과 옷을 잡아채 상대방을 금 밖으로 내보내야 하니 옷도 많이 찢기지만 사실은 진짜 힘이 좋아야 한다. 나 때문에 우리 동네가 져서는 안 된다. 나도 그쯤은 안다. 그래도 신나게 응원도 할 수 있을 텐데 동생은 왜 나만 쏙 빼놓고 갔는지 생각할수록 섭섭하고 우울한 마음은 사라지지 않는다.

'섭섭하다, 동생 새끼야……'

옛 기억을 헤집다 보면 순간 엄습하는 답답함은 곧 내 어깨를 기역(ㄱ)자로 꺾어 놓는다. 단속하지 못한 팔이 퍼덕거린다. 한번도 해 본 적 없던 새롭고 낯선 동작이 이어진다. 꺾어진 팔을 달래서 가슴 앞으로 가져온다. 조용하게, 또 천천히 두 손을 모은다. 그리고 모든 신경을 발끝으로 집중한다. 그럼에도 부들거리는 발등을 선뜻 앞으로 하고 또한 발 앞으로 나간다.

Keep Going, 꼬마 성국의 부름

...

　이번에는 초등학생 성국이가 눈앞에 섰다. 유독 작은 얼굴에 쌍꺼풀 진 큰 눈동자가 내는 빛은 순수한데 무엇인가 겁이 잔뜩 들어 있는 듯하다. 나를 보고 웃고 있는 성국이의 손짓을 따라간다. 그런데 성국이는 먼저 멀리로 달아나 버렸다. 가고 싶은 곳이 분명한 듯 뒤도 돌아보지 않고 뛰어간다. 떨어지지 않는 발을 붙들고 자꾸 주저앉으려는 몸뚱이를 일으켜 세운다. 어서 가자고 나를 재촉한다. 또 한 번 온몸에 잘게 쏟아져 내리는 통증을 느끼지만 난 그 순간을 놓치지 않고 직시한다.

　걷는다, 걷는다, 간다, 간다
　내리누르는 압박과 고통을 짊어진다.
　걷는다, 간다, 걷는다, 간다.

　희뿌옇게 흐려지는 듯하더니 곧 순백의 열린 길이 보인다.

저 길에 올라 걷다 보면 내 염원의 그곳에 닿을 수 있을까? 하늘을 나는 새처럼 높은 곳에서 그 길의 전체를 가늠해 볼 수 있을까? 그리하여 머리카락 사이로 달아나는 바람을 짓궂다 웃으며 나무라는 일상을 만들 수 있을까? 걱정 근심 없이 오늘을 가볍게 보내고, 또 내일의 만남을 당연하듯 약속할 수 있을까? 만나지 못하는 내일의 얼굴을 오늘, 지금, 여기로 불러내고픈 간절함은 언제쯤 하늘에 닿아 설렘으로 내일을 기대할 수 있을까?

Keep Going, 끝을 알 수 없는 시간은 가혹하나 살아내야 한다.

한계에 부딪치고 어디인가부터 차단되었던 생각과 욕망의 끝은 내 발가락과 손가락의 경직과 이완, 그 틈새를 파고든다. 난 잦아드는 경련에 집중한다. 그러고는 희고 곧게 뻗은 길을 천천히 둥글려 일정하게, 또는 뭉텅이로 삼는다. 얽히고설킨 내 삶의 한 부분인 양 여겨지는 그것을 입속에 넣어 울컥 씹어 버린다.

'아! 답답한, 이토록 강력한 삶의 굴레여.'

짐짓 멀어지더니 갑자기 굴곡지며 엉켜 버린 길은 끝나지 않은 듯하다. 이내 곧 다시 새 길을 풀어낸다. 이어지는 길을 좇아 비틀거리며 걷는다. 제멋대로 움직이지 않는 몸을 기다리며 다독이고 부축한다. 서슬 퍼런 의식이 고단하고 긴장한 내 몸을 다독인다.

2013 대만 공연 ⓒ Lin, Yu-Quan

'내 앞의 이 길을 어떻게 걸어갈 것인가?'

'나는 내 앞의 이 길을 어떻게 책임질 것인가?'

'나는 내 앞의 길을 무사히 걸어 낼 수 있을 것인가?'

나는 끝내 걸어야 한다. 나뿐만이 아니라 누구나 그러하다. 걸어야 한다. 이 길을 다 걷고 나서야 비로소 나를 만날 수 있을 것이다. 지금 나는 나를 모른다. 내 시간이 다 할 때까지 그저 걸을 뿐이다. 멈출 수도 그리하여 함부로 명제할 수도 없는 삶을 그저 묵묵히 걸어야 한다. 운명이다.

내가 받은 시간을 다 살고 난 후에야 알 수 있을까? 그때야 내 삶은 어땠노라 말할 수 있을까? 그때가 되어서야 고단했던 내 삶을 위로받을 수 있을까? 그 끝은 어디란 말인가?

엄습하는 고통의 시간을 맞는다. 끝을 알 수 없는 시간은 가혹하다. 그러나 살아내야 한다. 내 삶의 굴레를 바로 볼 수 있어야 한다. 괜한 연민은 반갑지 않다. 사방으로 뻗친 다리가 기운을 잃는다.

정적. 고요의 시간이 시작되었다. 마음조차 평안하다. 내 시간을 다한 순간을 목도하며 이제사 편안한 숨을 갖는다. 잠시의 침묵, 이후 조용한 탄성과 수줍은 박수가 뒤를 잇는다.

오늘 공연도 만족스러웠다. 관객들에게 감사하다.

Keep Going, 끝내 하고 싶은 말은… 가라!

...

시간이 멈추지 않듯 우리는 멈춰서는 안 된다. 그저 나와 마주하기 위한 걸음을 좇아야 할 뿐이다. 나의 시작과 끝을 목도하기 위한 걸음을 계속해야만 한다. 나를 관통하여 걸어야 한다. 거둘 수 없는 길을 걸으며 늪에 빠지고 때론 야속한 비바람을 만나면 또 그대로, 비를 맞으면 맞는대로 그대로, 걸어가면 된다. 그것은 사명과도 같다.

광야와도 같은 삶을 살면서 정상이 어디인지 볼 수도 없다. 되돌아 나올 수도 없다. 먼저 가려고 잘난 체 나설 수도 없다. 묵묵히 다음에 만날 길을 소망하며 빠르지도, 더디지도 않은 걸음을 계속할 뿐이다.

함께할 단 한 명의 진정한 친구가 있다면 이 고단한 걸음을 마지막까지 마칠 수 있을 것이다. 더불어 걸으며 서로를 북돋고 위로해 줄 벗이 있다면 족하다. 끝날 것 같지 않은 길 위에서 쉼을 나누다 또 같이 함께 걷는 일이라면 고독도 노래를 부르리니 걸어야 한다.

나는 그 '친구'를 만나고 싶다. 웃음을 나누고 마음을 나누는, 혼자라는 두려움을 쫓아 줄 친구를 얻고 싶다. 동생이 떠난 자리, 함께하고 있지만 한숨으로 날 슬프게 했던 어머니 곁, 그 크고도 빈 공간을 채울 '친구'를 만나고 싶다. 그렇다면 이 길을 더 열심히 걸어갈 수 있을 것 같다.

큰 숨을 배꼽에서부터 끌어올린다. 내 몸을 칭칭 감은 시간과 시간에 담긴 이야기를 털어낸다. 천천히… 차근차근…… 미련은 없지만, 이제는 두렵지도 않지만, 그러나 또다시 나를 옥죌 그것을 두려움과 경계하는 마음으로 내려놓는다.

그제야 긴장했던 내 몸은 제 위치를 찾아간다. 근육의 떨림도 작별 인사를 고했다. 사방은 고요하다. 숙였던 고개를 든다. 어둠 속에서 빛나는 눈동자를 만난다. 나만 들리는 작은 탄성이 곧 귀를 간지를 것이다. 마음에서는 반복해서 소리를 만들고 있다.

여기저기서 웅성거리는 소리.

"와……."
"진짜 리얼하지?"
"아, 진짜 사는 게, 살아야만 하는 게 고통인 것이 징허게 느껴진다."

평안하고, 무엇인가를 비워 낸, 가볍고 살짝 외로운 웃음이 가슴을 울린다. 관객이 내려놓은 마음이 물결처럼 마음에 와 닿는다. 매 공연마다 붙잡고 업히는 삶의 고단함은 내 것만이 아니었다. 누구인들 주어진 시간의 버거움이 없으랴. 나를 에두른 관객들 저마다의 짐이 내게

© Lin, Yu-Quan

로 업혀 왔음을, 내 삶의 고통이 그들에게 가 닿았음을 느끼는 지금, 이 순간, 나는 평온하다.

서서히 온몸의 힘이 빠져나갔다. 잔디에 털썩 주저앉은 채 한참을 그렇게 있었다. 나를 빙 둘러앉거나 선, 정돈되지 않은 관객의 대형도 그림처럼 그대로다. 편안하다. 한참이라 느껴지는 고요가 있었다.

잠시 후, 팔꿈치에 힘을 모은 채 땅을 박차고 비틀거려 일어선다.

몸짓, 다른 언어의 벽을 넘어서고

...

2014년 7월. 독일 베를린의 cokaseki 무용단으로부터 초청을 받았다. 한국문화예술위원회에서 국제교류 경비지원을 받고 공연 및 워크숍 진행을 하러 갔다. 해외에 나갈 때 꼭 걸리는 것이 언어다. 나는 세계 공통어인 영어를 잘 못한다. 언어장애로 쉬운 영어도 소통이 어려울 때도 있다. 이는 한국어를 잘 아는 한국에서도 마찬가지다. 그래서 나에게 직접 들어오는 해외 초청은 최소 한 명은 동행해야 한다.

나와 동행해 줄 사람을 알아보다가 다큐멘터리를 하는 '혜성'이 떠올랐다. 공연이나 워크숍 진행들을 기록해 오면 좋겠고, 더불어 다녀오는 과정을 다큐멘터리로 만들면 어떨까? 라는 생각이 들었다. 다행히 혜성이는 흔쾌히 동행해 주었고 나도 카메라를 잡고 촬영을 하기로…….(흔들리는… 일부 콘셉트)

그러나 약 한 달 동안의 그곳 생활은 우리에게 즐거움만 주지는 않았다. 우선 일정도 너무 **빡빡했고**(약 한 달간 3일 정도밖에 못 쉼), 무엇보다 혜성과 나는 5년을 알아왔지만 1년에 한두 번 정도 만나 그저 웃으며 술한잔하는 사이였지 속 깊은 이야기까지 나누는 시간이 부족했던 모양이다. 그래서 싸우는 일이 잦았다. 다행히도 그 싸움들이 정으로 바뀌어 친구이자 가족처럼 지내는 사이가 되었지만 그때는 작지 않은 고통이었다.

나는 공연과 워크숍 수업 진행에서 '다른', '새로운' 느낌을 깊게 받았다. 그동안 초청받아 해 왔던 해외 공연에서도 느낄 수 없었던 생각과 감정이었다. 특히 7월의 더위도 무색할 만큼 숨죽인 관객들의 몰입은 오히려 나를 긴장시켰는데 언어가 달라도 몸짓과 작품으로 공감할 수 있는 감성과 메시지의 공유는 내게 작품과 행위에 대한 확신을 주었다.

그러나 나의 실수가 하나 있었다. 나는 작품 안에 가사가 들어간 곡을 자주 쓰는 편인데, 바로 그것이 문제였다. 한국에서는 관객과 함께 느꼈던 가사, 의미가 독일 관객에게는 잘 전달되지 않았고, 정서적으로도 맞지 않는다는 피드백을 받았다. 하지만 나는 작품이 너무 난해해서는 안 된다는 것에는 동의하지만 그렇다고 100% 관객의 입맛에 맞출 필요는 없다고 생각한다. 관객의 몫도 분명 있다고 생각하기 때문이다.

물론 나의 장애가 그들과의 소통을 방해할 수도 없었다. 사는 것에 대한 고단함과 그럼에도 주어진 길을 묵묵히 걸어가야 한다는 생각은 세계 모두가 함께 갖고 있는 생각과 도전이었다.

"큐른(kühlen)!"

+ Sung Kuk Kang > Seoul   + Valentin Tszin > Moscow   + Yuko Kaseki > Tokyo/Berlin

SoloxSoloxSolo
3 solo dance performances
July 10-11 2014, 20:30h

TRI+O+ANGLE
dance - music - performance
July 12-13 2014, 20:30h

Dock11 Berlin
www.dock11-berlin.de

+
radical dance performance workshop
TriumVirate
July 17-20 2014
Tatwerk Berlin
www.tatwerk-berlin.de

ⓒ 한혜성

"큐른(kühlen)!"

"다스 이스 자 라인번트(Das ist ja Leinwand!!)"

"다스 이스 자 톨 (Das ist ja toll!!)"

최고다, 멋지다, 훌륭하다는 감탄사가 여기저기서 박수와 함께 터져 나왔다. 오랜 시간의 고요가 끝나고 마침내 '휴' 소리와 함께 시작된 감탄사와 칭찬의 말들은 나를 흥분시켰다. 낯선 환경과 낯선 관객들의 얼굴에 조금은 긴장했던 마음이 가벼워지고 편안해졌으며 긴 잠을 자고 난 듯한 개운함이 온몸에 퍼졌다.

독일 cocakeki 초청 공연은 또 한 번의 감사와 보람을 선물했고 이제는 제법 해외 공연의 긴장과 부담을 덜어 주었다. 낯선 도시 환경과 그 안에 담긴 문화적 차이가 원인이었을 불안한 설렘은 오히려 새로운 공연의 기운을 만들었다. 새로운 장소성의 발견과 공간이 준 느낌, 그때마다 선명해지는 머릿속의 그림과 감정의 색깔 등은 공연 기간 내내 나를 마구 두드렸다. 그 속에서 난 공연에 더욱 집중할 수도 있었지만 매 번 다른 색으로 입혀지는 공연에 살짝 두려움마저 느끼고 있었다.

다른, 또 같은, 몸의 목소리를 들어보세요

...

〈Keep Going〉은 이후 2015년 모스크바에서도 진행되었다. 모스크바 공연은 'sense wake up & body contact'라는 주제로 워크숍도 함께 진행되었는데 20여 명 남짓한 러시아 무용수들과 일반인이 참가했다.

그들은 공연에서 보았던 나의 몸동작에 깊은 관심을 보였다. 예상했던 대로 워크숍 첫날부터 많은 질문이 쏟아졌다. 한 번도 보지 못했던 동작이라며 연출을 한 것인지, 내 몸의 장애가 그런 동작을 가능하게 했는지를 궁금해했다. 또, 강력한 힘이 느껴졌다며 뭐 특별한 방법이 있는지 등을 질문했다.

나는 장애를 가지고 있지 않은 무용수들의 동작과 나의 동작이 다를 수밖에 없는 이유를 설명하면서 비장애인이 흉내 낼 수 없는 나만의 동작을 보여 줬다. 그들은 유심히 관찰하고, 또 따라하면서 내 몸을 이해하려고 노력했다.

장애인과 비장애인의 몸은 다르다. 이 다름을 어떻게 인지할 수 있는지, 그리고 평소에 사용하지 않는 근육들을 움직이게 하는 것이 워크숍의 주요한 목적이었다. 그래서 나처럼 몸을 비틀거나 꼬아서 움직여 보라는 디렉션을 주었다. 한 수강생은 다음 날에 와서 온몸이 아프다고 호소하기도 했다.

그러나 나는 이들이 몸에 대해서 이해하고 몸의 감각을 인식하는 나의 방식을 이해하고 그 과정에서 나와 그들이 공감할 수 있는 몸의 감각이 있을 거라고 기대했다.

워크숍은 모두 바닥에 누워서 몸의 힘을 뺀 뒤에 바닥에서 전해지는 에너지를 느끼며 호흡 하는 것으로 시작했다. 자신의 호흡과 바닥에서 느껴지는 감촉과 울림 등의 세세한 느낌에 집중하는 것이었다. 그리고 아주 천천히 몸으로 바닥을 쓸거나 구르면서 더 깊은 감각을 좇았다. 동작은 아주 천천히 진행되다가 점점 속도를 높여 가면서 입체적 감각을 만들어 내고 있었다.

그다음 동작은 일어선 채로 고개부터 아주 천천히 떨어뜨리며 바닥에 다시 눕는 동작이었다. 물 흐르듯 천천히, 자연스럽게 진행되어야 할 동작을 통해서 자신의 몸의 방향과 흐름에 집중하는 활동이었다. 고요한 가운데 가끔 들리는 들숨과 날숨의 소리가 워크숍이 진행되는 공간을 가득 채우고 있었다.

몸의 감각을 인지하는 세 번째 동작은 앞선 두 활동을 진행한 후에 두 발을 제외하고 온몸을 사용하여 스튜디오 앞에서 스튜디오 끝까지 기어가는 것이었다. 천천히 움직이면서 나만의 리듬과 움직임을 만들어

ⓒ 서상혁

낼 수 있는데, 이때 자신에 대한 이미지를 창조하며 그 느낌을 끊지 않고 마지막까지 가져가는 것이 중요하다. 이 과정에서 타인과의 다양한 접촉이 이루어지고 그것이 춤으로 형성되기도 한다.

나는 음악을 틀어서 그들이 행동을 진작할 수 있도록 도우며 무리로 들어가 똑같이 바닥에 누워 엉금엉금 기어가며 그들과의 자연스러운 접촉을 시도했다. 손에 쥔 천과 목발 등 다양한 도구를 통해서 진행된 타인과의 접촉은 비단 신체적 접촉뿐만 아니라 작은 도구 또한 서로에게 손과 발이 되고, 서로를 잇는 다리가 될 수 있음을 깨닫게 해 주고 싶었다.

이어진 활동은 손이 아닌 발로 서로의 몸을 인식하는 것이었는데 발로 상대의 몸을 마사지해 주거나 서로의 발을 맞댄 후 느껴지는 감각과 에너지 등을 느끼고 표현하는 것이었다. 짝을 이룬 두 사람은 서로의 발을 맞댄 채 구르고, 돌고, 다양한 방식으로 움직였으며 나중엔 서로를 일으켜 주고 제자리로 돌아오게 하는 것까지 흐르는 물처럼 진행하였다.

통역을 통해서 참가자들의 느낌과 활동 후 소감을 물었다. 그들은 평소 소통과 메시지 전달을 위해서 주로 사용하던 손이 아닌 발로 타인과 대화를 나눌 수 있는 것이 놀랍다고 했다. 그리고 평소와는 다른 방식으로 상대와 대화하는 속에서 상대의 움직임을 섬세하게 인식할 수 있었고 상대에 대한 관심과 이해의 욕망도 커졌다고 말했다. 나의 몸이 가지고 있는 특별한 대화의 방식을 이해하고 또 그것에 도전하는 속에서 우리는 좀 더 가깝게 서로를 알게 된 것 같아서 매우 기뻤다.

몸을 바라보는 시선의 차이, 시선의 온도 차이

...

공연에 대한 평가와 관객들의 기대는 나를 약간은 긴장시킨다. 이것은 해외 공연에서건 국내 공연에서건 다르지 않다. 그러나 해외 공연에서 분명하게 느껴지는 것이 있는데 그것은 내 몸을 바라보는, 국내와는 다른 '시선'이다. 한국 관객들은 무대에 들어서는 순간부터 '반짝' 빛나는 호기심의 눈을 보인다. 공연이 시작되고서는 장애가 있고 없음, 즉 처음 등장 때부터 이미 내 몸이 장애를 연출하고 있는 것은 아닐까 하는 의심을 갖기 시작한다. 그러고는 공연을 마친 이후 공연에 대한 감동에 보태어 나에 대한 동정을 담은, 따뜻하지만 서늘한 말들을 쏟아 놓는다. 둘 셋이 모여 흥분된 목소리로

"진짜 장애인인가?"
"난, 진짜 장애인인 줄 몰랐어."
"깜짝 놀랐잖아, 어쩜 저렇게 장애인 연기를 완벽하게 하는지."
"와, 진짜 대박이다. 장애인이 어떻게 저런 몸동작이 가능해? 엄청 많

이 연습했나 봐, 진짜 의지의 한국인이네."

"대박이다, 진짜……."

그들의 목소리는 진지했는데 어쩐지 공연의 내용에 대한 관심과 감동보다는 내 몸에 대한 호기심이 더 크게 느껴졌다. 장애인이 이만큼 할 수 있다는 것에 대해 놀라워하거나 칭찬하거나 대견하다는 뭐 그런 감정이 뒤섞여 있는 것 같았다.

나는 그들의 호기심과 대화가 이미 익숙하다. 나 또한 내 육체에 대한 관심과 질문을 아주 오래전부터 해 왔기 때문이다. 그러나 나는 관객들이 내 몸의 생김과 움직임의 낯섦보다는 그 낯섦이 담은 메시지가 무엇인지에 관심 갖기를 기대한다. 그리하여 좀 더 나와 관객이 하나가 되는 느낌을 경험하고 싶다. 그래서 나는 관객이 몸의 언어에 집중해 주기를 기대한다. 그리고 가끔은 공연 중에도 선뜻 느끼는 '관찰되고 있다'는 긴장감에서 자유롭고 싶다.

영국과 호주, 슬로바키아와 독일 등 해외에서는 장애를 가진 내 낯선 육체에 대한 호기심이 느껴지지 않았다. 다른 공연장 환경과 분위기 때문이 아니었다. 관객들의 눈이 달랐다. 그들은 나의 뒤틀린 팔다리를 훑지 않았다. 넘어질 듯 달려가는 위태롭고 바쁜 내 걸음을 낯설게 바라보지 않았다. 그들은 오직 그 걸음의 분위기와 의미를 찾으려는데 집중하는 듯했다.

오브제와 음악에 집중하며 나의 얼굴 표정과 몸의 움직임의 의미를 찾아내려고 심각했다. 자세하게 얼굴을 관찰할 수는 없었지만 나는 그 덕분에 공연에 더욱 집중할 수 있었다. 오직 내 머릿속에 가득했던 것은 〈Keep Going〉 공연을 통해서 말하고 싶었던, 넘어져도 다시 일어서야 하고 고독해도 살아내야 하며 피 흐르는 상처를 안고서도 견뎌내야 하는 시간과 삶의 의식이었다. 그리고 그것이 가능한, 내 안에 웅크렸던 의지를 발견하고 맞이하는 일 뿐이었다.

관객들 또한 이러한 메시지를 발견할 수 있었던 것인지 공연 내내 우리는 침묵 속에서도 강렬한 서로의 끌림을 느낄 수 있었다. 그것은 위로였고 서로의 아픔을 잘 알고 있다는 고백이었다. 서로의 아픔과 고통을 털어놓음으로써 비로소 경험할 수 있었던 카타르시스였다. 난 관객들에게서 보이지 않지만 따뜻하고 친절한 손길을 느낄 수 있었고, 그 덕분에 차가운 걸음을 딛는 순간조차도 외롭지 않을 수 있었다.

그대여! 통(通)!했다면 그뿐

...

난 2007년부터 세계 여러 도시에서 공연을 했다. 페스티발에 초청받아 진행한 공연에서부터 현지 예술가들과 일반인을 대상으로 한 워크숍 등 그 형식도 다양했다. 나는 퍼포먼스나 무용을 정신적 예술이라고 생각하는데, 만약 내가 전달하고 싶었던 메시지를 설명해야 했더라면 어쩌면 세계 여러 도시에서 공연하기 어려웠을지 모른다. 그러나 굳이 해설이 필요하지 않은, 어쩌면 해설로 인해 나의 메시지가 잘못 전달될지도 모를 일들은 아예 없었다. 누구든 내 몸의 언어를 나름대로 이해하고 수용하면 그뿐, 나의 마음과 그들의 마음이 어딘가에서 만난다면 그것으로 족했기 때문이다.

관객을 설득할 필요도 없으며 가르칠 필요는 더더욱 없다. 그저 마음을 나눌 수 있다면 그뿐이다. 나의 마음과 생각에 공감하고 소통할 수 있다면 더 무엇이 필요하겠는가, 예술이 존재하는 까닭은 바로 이것인 것을!

나는 2005년 행위예술가로 공식 데뷔 이후 2007년 영국에서 있었던

'템즈강 페스티벌'과 2008년 호주 '우드포드포크페스티발'에서 〈몸시〉를 공연했고 2009년에는 스위스 제네바, 취리히, 베른, 바젤 등 4개 도시에서 현대무용가 김남진 선생님의 안무작 〈brother〉에 무용수로 순회공연을 했고, 같은 해 독일 베를린, 마인츠 페스티발과 러시아 모스크바 Protheatr 페스티발과 2014년 뉴욕 한국문화원 초청공연 오픈 스테이지에서도 〈brother〉를 공연했다.

공연을 하면서는 자주 가족을 떠올릴 수밖에 없는데 그때마다 미처 고백하지 않았던 애증과 세상에 대한 불만과 자신에 대한 초라함이 엉겨붙은 뜨거운 덩어리가 늘 명치를 꽉 막고 있는 듯 불편하다.

〈Brother〉는 곧 나의 이야기이다. 공연의 내용은 장애를 가지고 태어난 동생 성국에 대한 형의 애정과 애증 등의 감정의 변화가 대단히 구체적으로 드러난다. 어린 시절, 함께 뒤엉켜 뛰어놀 때는 인식하지 못했던 동생의 장애가 청소년 시기에 들어선 이후 점차 뚜렷하게 보이면서 장애인 동생을 둔 자신마저 부끄러워지고 미워지는 일련의 복잡한 감정들이 샘물처럼 솟아나는 장면들이 그려진다.

장애를 가진 나는, 우리는, 삼백예순 날 하냥 섭섭해 우웁네다.

〈Brother〉의 내용은 형과 동생 성국의 이야기이지만 실제 나는 장남이다. 그것만 빼고 공연의 내용은 나의 삶과 다르지 않다. 동생은 나를 살갑게 대했고, 늘 밝고 씩씩한 아이였지만 자라면서 장애인을 가족으로 둔, 호소할 곳 없는 억울함을 떠안았고 그 때문에 삶에 자신감을 가질 수도 없었다.

　장애인에 대한 윤리적 이해와 인식의 태도에 내재된 딜레마에 빠져 고뇌하고 스스로에게 실망하는 몇 번의 소용돌이가 지나가면 남는 것은 해결되지 않은, 넘을 수 없는 큰 장벽에 갇히는, 옥죄는 현실일 뿐이다. 나의 가족 또한 그러했으리라. 우리 가족은 늘 조심조심 살면서 행여나 나쁜 일이 생기지 않을까 염려하고 어느 정도의 손해와 부당한 대우를 자신의 탓으로 여기는 태도를 일찌감치 습득했다. 이 모든 것이 나 때문인 것 같아서 마음 아팠지만 난 그들에게 위로가 될 수 없었다. 난 마냥 미안한 사람일 수밖에 없었다.

　장애를 가지고 태어난 장남은 철들면서부터 가족들, 특히 동생에게 미안한 마음으로 늘 몸도 무겁고 걸음도 더디다. 그러나 드러나는 것보다 더 큰 짐이 마음을 누르고 있음을 누구에게도 말할 수 없다. 가족이 나로 인해 겪을 불편함과 세상의 눈 때문에 치러야 하는 이러저러한 문제들은 늘 나를 짓눌러 키조차 자라지 못하게 했다. 장애인 형을 둔 동생은 또 어떠한가? 그는 세상의 편견 속에서 늘 자신을 과소평가하고 움츠러들었다. 죄지은 것 없이 늘 누군가의 배려와 이해를 구해야 했다. 어찌 그뿐인가? 성인이 된 이후 결혼 문제와 맞닥뜨려서는 나로 인해 장애를 가진 아이를 출생하게 될까 두려운 사람들의 걱정(폭력을 내재한 걱정)을 온전히 들어야 할지도 모른다.

　게다가 가난한 집안에 태어난 장남이 장애인이라면 어떠하랴. 이건 정말 끔찍한 비극일 수 있다. 장남이야말로 집안의 튼튼한 기둥이 되어서

© 댄스씨어터 창

동생을 책임지고 훗날 부모가 노구를 의지할 수 있는 유일한 보루가 되어야 하기 때문이다. 장남의 역할을 생각할 때마다 찾아오는 무거운 마음은 늘 나를 억세게도 누른다.

나는 태어날 때 발부터 거꾸로 나와 꼬박 하루를 울지 않고 있었단다. 어머니가 하루를 끌어안고 있은 후에야 드디어 울음이 터졌지만 그 시간은 내 몸에 장애를 만들었고 나는 내 의지대로 움직이지 않는 몸을 가지고 늘 불안하게 걷고, 웃고, 말했다.

시무룩해 있는 나를 엄마가 안아 달랜다. 농사일과 집안일로 늘 바쁘고 지쳐 있던 엄마는 문지방을 넘지 못하고 주저앉은 나를 쭉 잡아당겨 엄마 앞으로 끌어 놓고는 한 손으로 안고, 나머지 손으로는 머리를 쓰다듬었다.

"너는 나랑 놀자."

"시…러……허…어…엉 따라 가…알…래."

"엄마가 달고나 해 줄게 여 있자."

"시……러."

"엄마는 성국이 친군데, 성국이는 엄마 친구 아닌가? 에이, 섭섭해. 엄마 울란다."

"아…랐…어. 엄마…엄마…하…아…고 노…오…올…지."

"그래, 우리 아들 착하다. 잘생긴 우리 아들."

엄마는 이전부터도 자주 내 손목을 붙들어 곁에 앉혔다. 그날도 어김없이 난 저녁 찬으로 무청을 다듬는 엄마의 폭 넓은 일바지 안에 폭 감싸인 채 털썩 주저앉았다. 엄마는 어김없이 잇새로 한숨을 내보내고 있었다. 나는 엄마가 왜 그렇게 숨을 쉬는지 잘 알고 있었고, 그런 생각할 때마다 알 수 없는 두려움과 미안함을 느꼈다.

어머니를 비롯한 집안 식구 모두 매년 조금씩 조금씩 장남에 대한 기대를 내려놓아야 했고, 가난은 어쩌면 장애를 가진 나 때문인지 점점 더 깊이 집 안으로 스며들었다. 나는 매일 피곤에 절어 무겁게 내려앉은 어머니의 눈 밑 주름과 동생들의 무표정을 죄지은 마음으로 바라보면서 눈물을 삼켜야 했다.

"히…히…힘…드…으…들지?"

"사는 거 다 그렇지, 뭐."

"미미…미…아…안…해. 허허형……때문에…결…호혼도 해야는데……."

"엄마 먼저 도와드리고…… 그다음에 여자도 사귀고… 근데, 나한테 시집 오려는 사람도 없어, 형."

동생의 웃음이 쓸쓸하다. 동생은 아니라지만 나 때문에 결혼이 어려울 수도 있을 것이다. 어쩌면 장애가 유전이 되어서 장애를 가진 아이를 낳을 수도 있다는 두려움은 나쁘다고 말 할 수 없다. 그런 두려움과 걱정은 누구에게든 있는 것이니까. 나는 지금도 어깨가 축 처진 동생을 볼 때마다 어린 시절의 많은 꿈과 소망이 '어리석은 희망'이 되어서 내 발 아래로 '툭' 털려 내리는 것 같은 생각에 스스로 무너질 때가 많다.

Oh! Baby, 내 안에 꽃인 듯 피어날 생명이여!

...

2012년 대만에서 공연한 〈Oh! Baby〉는 나의 인간적인 고민과 고뇌가 진하게 담긴 작품이다. 사랑과 결혼, 출산에 이르는 과정의 경이로움을 느끼고 말하고 싶었는데 특히 건강한 아기를 출산하고픈 간절한 바람이 안무 기획의 첫 시작이기도 했다. 그러나 자신보다 건강하고 예쁜 아기를 낳고 싶다는 소망은 장애를 가진 나만 가지고 있는 것은 아닐 것이다. 누구든 자신의 몸을 빌어 세상에 나오는 아기에 대해서는 같은 소망을 가지고 있을 것이다. 나는 안무하는 내내 많은 친구들을 만났고 그들과 생명 잉태와 출산에 대해 이야기하면서 공연의 전체를 완성해 갔다.

사실 〈oh! Baby〉는 국내뿐만 아니라 대만에서도 공연했던 작품이다. 2010년에 문래예술공장에서의 첫 공연에는 뜨겁기만 했던 사랑의 고민과 열정이 담겨 있었다. 사랑하는 여인에게 마음을 고백하지 못하고, 남자로 다가가는 것에도 두려웠던 나의 고민들이 그것이다. 그러나 〈oh! Baby〉는 나의 장애가 사랑과 결혼의 장애물이 되고, 그것을 극복하지 못했다는 비극과 좌절의 서사는 아니다. 난 오랫동안 사랑과 결혼에 대해서 고민해 왔고 삶의 놀라운 경험으로서 출산이란 두렵고 신비로운 감정과 생각들에 천착해 왔기 때문이다.

출산은 사랑하는 남녀의 결실인 동시에 이전과는 다른 삶의 시작이다. 이러한 놀라운 경험은 기대만을 갖고 있지 않다. 태어날 아기의 성별에서부터 어떻게 생겼을지, 손가락 발가락 10개씩 다 있는지, 건강할지, 혹 드러나지 않은 병은 없을지, 눈과 코와 입은 누구를 닮았을지 등등 설렘의 크기만큼 걱정과 두려움도 크다.

나는 이러한 걱정이 장애인이든 비장애인이든 생명을 잉태하고 출산을 기대하는 모든 사람들이 공유하고 있는 것이라고 생각했다. 나는 이렇듯 두렵고 설레는 경험에 대해서 관객들과 함께 이야기하고 싶었다. 물론 작품에는 나의 지난 사랑의 경험이 들어 있었다. 늘 그래왔듯이 말하지 못한 그때의 솔직한 내 감정을 쏟아 내자 결심하고 기획한 작품이었기 때문이다.

2006년이었던 것 같다. SBS 〈그것이 알고 싶다〉 프로그램에서 '나도 엄마이고 싶다-여성 장애인의 출산, 육아기'라는 제목으로 목숨을 걸고 출산을 강행한 여성 장애인을 소개했다. 장애인 주인공의 "나도 엄마이고 싶고, 내 아이를 갖고 싶다."는 소망은 어찌 보면 당연한 것이었다. 그런데 이는 여지없이 장애인을 바라보는 세상의 벽에 부딪히고 말았다. 짐작하듯 비장애인들은 "당신과 같은 장애아를 낳으면 어떻게 하느냐, 왜 목숨을 건 무모한 짓을 하느냐."며 걱정이기도 하고 가르침이기도 한 충고를 했다. 심지어는 장애인이 성관계를 하고 살아가는, 비장애인과 다르지 않은 삶에 적잖은 놀라움을 보여 주기도 했다.

"왜 장애인들은 사랑과 임신, 출산, 육아에 대해서 스스로 결정하고 실천하기를 두려워해야 하는가!" 이런 나의 분노는 늘 그렇듯이 속으로만 삭이고 답답해할 수밖에 없는 문제이기만 했다. 비장애인들은 장애인들도 성적 욕구가 있고, 사랑하는 남녀는 성관계를 통해서 충만한 서로의 감정을 나누고 느끼고 확인한다는 것을 낯설어 한다. 아니 내가 느낀 감정과 생각을 좀 더 솔직하게 말한다면 불편하고 거북해하고 두려워하는 것 같다. 여기에는 비열한 호기심도 섞여 있다.

봄을 기다리던 그해 겨울에 나는 지하철에서 두 청년을 보았다. 번질거리는 얼굴로 알 수 없는 웃음을 보였던 두 청년은 자못 진지한 대화를 하고 있는 듯 보였다.

"어떻게 할까? 휠체어에 올라타려나?"
"그 순간에는 온몸이 버둥거리려나? 뻣뻣이 굳어?"
"모르지… 그럴지도……."
"끔찍하다……."

두 청년이 나란히 앉아서 보았던 것은 외국인 장애인 여성이 아이를 돌보는 장면이었다. 아주 짧은 시간이었고, 사진조차 '헛' 하는 바람 빠지는 소리와 함께 넘겨졌다. 슬쩍 나를 올려다보았던가? 나는 순간

무슨 큰 죄를 지은 것처럼 고개를 들 수도 없었고 빨리 그 자리를 벗어나고만 싶었다.

급한 마음과 달리 몸은 그때 또 왜 그리 말을 안 듣던지 발걸음을 떼기도 어려울 만큼 몹시 긴장하고 있었다. 그대로 서 있을 수밖에 없었던 것은 그들을 노려보며 비틀어지고 왜곡된 생각들에 벌주고 싶었던 마음 때문만은 아니었다. 생각해 보라. 서둘러 걸음을 떼다가 자칫 넘어지기라도 한다면 나는 또 얼마나 크게 주목받을 것인가!

'나쁜 놈 시키들! 고자 새끼들!'

나의 분노는 활화산처럼 터져 나오는 욕지기를 그저 속으로만 퍼부어 주는 것으로 또 그렇게 죽어 갈 수밖에 없었다. 그렇지만 상상으로는 이미 두 녀석들의 낯으로 시뻘건 용암이 뛰어 달리고 있었다.

공연 기획의 또 다른 동기는 나를 낳고 평생을 내게 미안해하시는 어머니의 한을 들여다보고 싶은 것이었다. 정확하게는 어머니가 아직도 '내 죄다.' 한숨지으시는 까닭을 짐작이라도 해 보고 싶었다. 연출 과정에서 이 또한 짐작할 수 있으리라 기대하면서 나는 몇 달을 내내 연출과 무대 기획에 힘을 쏟았다.

공연의 주요 테마는 사랑과 생명의 잉태, 출산이었다. 사랑을 확신하면서도 늘 한 걸음 뒤로 물러서야 했던 나의 모습은 사랑하는 여인 곁에서도 억지로 뜨거운 열정을 꺾어 눌렀던 그때의 슬픔과 고통을 불러왔고 곧 무대에서 고통스럽게 연출되었다. 다행히도 내 마음과 달리 움

직이는 팔다리와 흉하게 구겨진 얼굴의 근육들은 어눌한 내 말을 훌륭하게 담아 낼 수 있었다.

> '아가, 나를 봐, 이 아빠의 큰 눈을 닮은 예쁜 아가야.'
> '아가, 엄마를 봐, 엄마의 뽀동한 입술을 닮은 귀여운 아가야.'
> '아가, 예쁜 아가야, 고물거리는 손가락을 보여 주겠니?'
> '아가, 예쁜 아가야, 조물조물 발가락을 세어 볼까?'
> '아가, 예쁜 아가야! 세상에서 가장 귀한 내 아가야.'
> '아가, 내 보배야!'

나는 상상했다. 뜨겁고 완전한 사랑을 통해 내게 온 건강한 아기의 웃음과 쩌렁한 울음소리를 들었다. 우렁찬 울음은 세상을 이기는 기운이었고 발그레한 웃음은 순수를 담았다. 건강한 생명! 흠결 없는 생명! 나와 닮고, 또 나와 닮지 않은 온전한 생명에 환희했다.

처음엔 연인의 접촉을 꺼려하던 내 몸이 차츰 마음의 문을 열고 마침내 육체적 사랑에 이르는 과정은 한 편의 시처럼 축약되고 함축되었다. 의미를 새겨 넣은 몸짓은 은유적이고 상징적인 언어가 되어서 감동을 짓는다. 영상과 그림자를 활용한 나와 상대 여배우의 애틋한 몸부림은 장애인의 성에 대한 관객의 편견을 무너트리고 인간 존재의 깊은 공감을 만들어 낸다.

작품에서 가장 많은 부분 공들인 장면은 아기를 출산하는 순간의 묘사다. 반라의 내가 아내(여배우)의 다리를 통과하는 장면은 어머니가 나를 낳은 실제 출산 장면을 표현한 것이다. 그 순간은 새삼 고통스럽고 두려운 마음을 낳지만 곧 생의 의지를 발동시키기도 한다. 그것은 나의 의지가 아닌데, 살아야겠다는 생각이 불쑥 나를 이끌어 낸다.

나는 설명할 수 없고 나조차 인지하지 못했던 의지로 힘겹게 일어서서 천천히 걷는다. 걸음의 시작은 공연의 마지막 장면이다. 나는 비틀거리지만 이내 힘차게 걸음으로써 건강하게 성장하고 어른이 된다. 그리고 아버지의 모습을 준비할 것이다.

공연은 언제나처럼 날 흥분시켰고 끝나고서는 깊고 어두운 바닷속에 가라앉아 있는 듯 허허로움을 던졌다. 난 몸의 기운이 다 빠져나가 몽롱한 채 무대 위에 탈진하여 누웠다. 그리고 내 몸과 가슴과 머리에 떠오르는 단어와 문장을 가늘고 긴 손가락으로 천천히 더듬고 있었다. 아무것도 들리지 않았던, 무대 위 나에게 오롯이 집중할 수 있었던 시간, 그 놀라운 경험은 매번 나를 흥분시킨다.

오! 베이비. 나의 아기는 그렇게 며칠을 무대 위에서 태어나고 곧 세상으로 보내졌다. 이제는 씩씩하고 강하게 커야 할 일!

시작, 말하는 몸의 발견

...

내 몸이 그동안 하고 싶었던, 또렷하고 정확하게 타인과 소통하고 싶었던 말을 인식하기 시작했던 때는 너무나 강렬해서 잊어버릴 수 없다. 2003년, 그러니까 내가 스물넷 청춘의 시작을 꾸리고 있던 즈음이다. 나는 인터넷 서핑 중 우연히 본 한국실험예술제의 부대행사였던 '장애인과 비장애인이 함께하는 예술치료 퍼포먼스 워크숍' 참가자 공고를 보았다. 마포복지관에서 진행했던 워크숍이었는데 '몸으로 말하다'라는 문구에 사로잡혔다. 그것은 어쩌면 그때쯤 소통의 갈급함과 어려움이 한참 나를 괴롭히고 있었고, 누군가에게 꼭 하고 싶은 말이 터져 버릴 만큼 가슴속에 꽉 차 있었던 때문인지도 몰랐다.

나는 그때 '퍼포먼스'라는 것이 무엇인지도 몰랐다. 그저 첫눈에 확 들어온 포스터 속 외발로 선 새가 독수리처럼 힘차게 비상할 듯한 포즈가 너무나 매력적이었기 때문에 마음이 움직였는지도 모른다. 정말 하늘을 훨훨 나는 것처럼 보이기도 해서 보고 있는 것만으로도 바람이 느껴졌다. 그러나 나는 신청서를 작성하고도 한 시간가량 전송을 두고 많은 생각과 걱정으로 모니터만 바라봤었다. 지금도 그때의 긴장과 설렘을 기억한다.

'날 받아 줄까? 안 된다고 하면 어떡하지? 나처럼 장애가 있는 사람들도 많이 오려나? 나 혼자만 장애인이면 어떡하지? 내가 잘할 수 있을까? 나를 이상하게 보는 것은 아닐까? 나 혼자만 온 것은 아니겠지? 내 팔다리가 배우는 동작을 따라 할 수 있을까? 괜히 웃음거리만 되는 거 아냐?'

수많은 생각들이 머릿속을 헤집어 놓더니 결국 '그만둘까' 하는 생각이 엄습했다. 괜한 짓을 하는 것은 아닐까 하는 후회도 슬그머니 나섰다. 한 번도 보지 못했던 공연에, 알지도 못했던 행위예술을 너무 쉽게 생각한 것은 아닌지, 도대체 나는 무슨 배짱으로 이것을 해 보겠다고 생각했는지, 무엇에 마음이 번쩍 했는지, 알 수 없었다. 결국 참가 결정을 내릴 수 있었던 것은 '몸의 언어'라는 글씨와 외발 새를 떠올리고서였다. 온갖 생각들의 뒤섞임을 물리치고 나는 마침내 문을 두드리고, 열고, 첫날 워크숍에 들어섰다.

워크숍에서 처음 보았던 퍼포먼스는 그대로 충격이었다. 참가자들은 침묵 속에서 바닥을 엉금엉금 기어다니고 있었는데 난 그들의 찡그린 얼굴 속에서 슬픔을 볼 수 있었다. 찡그린 얼굴 때문이 아니라 그 얼굴에 갇혀 입 밖으로 나오지 못했던 말들을 볼 수 있었다고 하는 것이 맞겠다. 한참을 보고 있노라니 점점 그들의 목소리가 '보였다.' 말하

© 온몸컴퍼니

지 않아도 알 수 있는 몸의 언어가 들려왔다.

　워크숍에서 처음 배운 것은 내 마음에 집중하는 것이었다. 지금 나의 느낌과 생각이 무엇인지, 감정의 속살을 정확하게 들여다볼 수 있도록 온 정신을 마음에 집중하는 훈련은 긴 시간 계속됐다.
　나는 처음부터 내 마음을 아는 것이 어려웠다. 그냥 캄캄하고 긴 터널을 걷는 것 같았고 답답하기만 했다. 한참을 그렇게 있었다. 침묵과 암흑을 한참 응시했다. 한참의 고요가 흐른 뒤였던 것 같다. 암흑 속에서 희미하다가 점점 밝아지면서 비로소 선명해지는 것이 있었다.
　그것은 '슬픔'이었다. 무엇 때문인지는 알 수 없는, 슬픔이었다. 울컥 그것이 목구멍으로 넘어오는 것 같았다. 뜨거운 것이 배꼽에서부터 목으로 치오르며 '헉' 하는 소리와 함께 눈물이 쏟아졌다. 왜 슬펐는지도 모르겠다. 그러나 분명한 것은 그것은 장애를 가진 나에 대한 연민은 아니었다는 것이다. 정확히 설명할 수는 없지만 내가 사랑하고 있는 이들에게 속시원하게 전하지 못했던 무수한 언어들의 뒤섞임이 만들어 낸 감정이었던 것 같다.

　그녀에게 전할 수 없어 삼켜 버린 감정들과 가족에 대한 미안함, 내 자신에 대한 울분과 친구들과 나눌 수 없었던 다른 생각들과 그 때문에 미처 충돌하지 못한 갈등의 감정들까지 모조리 뒤섞여 버린 뜨거운 것이었다.
　순간 나도 모르게 허둥대던 내 오른팔이 가슴팍으로 웅크러들다 앞으로 쭉 뻗치는 것을 느꼈다. 왼팔도 따라 나섰다. 곧게 뻗은 두 팔은 조심스럽게 진동하더니 다시 웅크러들었다. 가슴 앞에서 두 손은 뒤엉키고 매듭지다 다시 풀리려는 듯 움찔거렸다. 그즈음 눈물이 '뚝' 떨어졌다. 나는 내 안에 가득한 슬픔을 뿜어내고 있었다. 가슴 앞에서 엉키고 풀리며 앞으로 쭉 뻗어 가기를 반복하던 팔은 마침내 조용히 힘을 내리고 가라앉기 시작했다.

잠시의 고요가 지나고 이번에는 다리가 훠어이 훠어이 움직였다. 다리는 휘청거리듯 둥글게 몸 밖으로 빙 둘러 멈추더니 더듬더듬 그러나 힘이 솟는 듯 한 걸음 한 걸음을 앞으로 옆으로 딛는다. 팔과 다리가 제 마음이 정한 곳을 가리키고 걷는다.

엇갈리는 걸음을 한 곳으로 모으고 싶다. 다리가 가고 싶은 곳으로 손을 따라 좇든, 손이 가리키는 곳으로 다리가 함께 가듯 그렇게 말이다. 그러나 불가능하다. 정직하게 말하지 못한 내 마음을 비웃기라도 하듯 팔과 다리의 엇갈림은 좀체 멈추지 않는다. 이러한 몸짓이 계속되면서 나는 슬픔을 따라 올라오는 그녀의 얼굴을 맞닥트린다. 나를 보고 환하게 웃는 그녀의 얼굴을 응시한다.

벅찬 기쁨과 슬픔이 분별되어 밀려온다.

오늘도 난

오늘도 난
오늘은 기필코 '나 당신을 좋아한다'고
말을 해야지 하는 맘을 굳게 먹고
조그만 선물을 준비하여 그녀를 만났습니다
그러나 그녀를 본 순간 마치 입에 마취를 한 듯이
아무런 말도 나오지가 않았습니다
그녀는 아무런 말이 없는 내게 물었습니다
무슨 일이라도 있냐고…
나는 말을 더듬으며
아무 일도 없다고 말을 해 버리고 말았습니다
그러나 가슴속으론 '나 너를 사랑해'라고 수십 번
반복을 하고 있었습니다
바보같이 말입니다.

쓰러지듯 온몸의 힘이 빠진 채 얼마의 시간이 흘렀는지도 알지 못했다. 그저 흐르는 눈물에 소리가 묻어나지 않기를 바라고 숨을 고르고 있었다. 내 숨에서 놓여났을 때에 간간히 들리는 숨소리, 나는 몇 달 간 계속된 '앓이'에서 탈출할 수 있었다.

워크숍에서 몸으로 말할 수 있다는 놀라운 배움과 깨우침은 이후 내 안에서 눌려 있었던 많은 이야기들을 폭발하듯 쏟아지게 했다. 나는 비로소 해방감과 자유를 만끽할 수 있었다. 새 언어를 배우고 비로소 말을 배운 아기처럼 나는 새롭게 세상을 향해 내 목소리를 낼 수 있게 된 것이다. 실험예술제 워크숍과의 만남은 나의 두 번째 출생과도 같은 일이었다.

 알을 깨고 나와서 맞은 새 세상과의 경이로운 만남이었다.

고백! 들리지 않으나 보이는 말, 이렇게 너를 사랑한다

...

거리에서 즉흥적으로 치러진 공연을 통해서 드디어 나는 자유롭게, 편안하게 말할 수 있는 방법을 만날 수 있었다. 그리고 내 머릿속에 갇혔던 말들을 쏟아 낼 수 있었다. 단번에, 주저 없이 내 가슴에 가둬 두었던 말 감옥의 빗장이 열리는 듯했다.

'해방이다! 이미 오래전에 삼켜 버렸으나 저 내 마음 바닥에서부터 솟아나 나를 붙잡고 흔들던 말들이여 안녕, 이제 해방이다!'

내 몸은 이전까지는 도저히 생각과 마음의 바람대로 할 수 없었던 일을 하고 있었다. 몸은 고백할 수 없었던 말을 어떤 장애도 없이 술술! 편안하게 술술! 읊조리고 있었다. 어눌한 내 목소리는 이제 사라진 지 오래다. 아니, 몸으로 말할 때에는 목소리가 필요하지 않았다.

나는 더듬거리지도 않고 아무 두려움도 없이 편안한 마음으로, 활짝

핀 모란꽃처럼 내가 하고 싶었던 말의 꽃잎을 습벅습벅 팔랑이고 있었다. 하고 싶었던 말들이 화산 폭발처럼 한꺼번에 터져 버릴 것만 같아서 겨우겨우 참아 눌렀다. 가슴이 뻐근하고 숨이 막혀 오는 벅찬 감동과 내 몸 어딘가에서 뿜어져 나오는 에너지로 몸도 마음도 빵빵하게 부풀어 오르는 것 같았다.

숨을 꿀꺽 눌러 쉬고, 머릿속을 편안하게 달랜 후에 난 의식적으로 그녀를 생각했다. 눈을 감으니 환하게 웃는 그녀가 왼쪽 귀를 스치고 눈앞으로 흘러 들어왔다. 다시 흘러가 버릴까 두려워서 더욱 세게 눈을 꼭 감았다. 그리고 웃고 있는 그녀의 얼굴을 살짝 한 번 쓰다듬고는 고백했다.

"너를 사랑한다. 진심을 의심할 수 없을 만큼 너를 사랑한다."

들리지 않을, 전달되지 못할 말이었지만 나는 억지로 누르기만 했던 말과 마음을 내놓았다. 그동안 억지로 삼켜 버려야 했던 말들은 다시 살아나서 세상으로 나섰다. 내 짝사랑의 고통도 이제는 태워 올랐으리라. 놀라운 일이었다. 나는 젖먹던 힘까지 다 소진하고 탈진하여 죽은 듯 누워 있었다. 그러나 온몸을 덮은 전율과도 같은 후련함은 오래 동안 끝나지 않았으면 싶었던 여운이었다. 내 거친 손에 닿은 그녀의 고운 뺨을 한참 동안 기억할 수 있었다. 느낌이 너무나 생생해서 손바닥에서 그녀의 냄새가 나는 듯했다. 한참을 조심스럽게 킁킁대며 맡아 보았다.

그때쯤 나는 걸을 때에도 밥을 먹을 때에도 커피를 마실 때에도 메스꺼움을 느꼈는데 그것은 내 안에 가득 담긴 말들이 미처 밖으로 나오지 못해서 느끼는 멀미였다. 이미 가슴 가득 찬 언어들이 내 몸속 구석구석으로 퍼지고는 혈관과 장기를 채우다 못해 그것을 비집고 나올 지경이었고, 억지로 구겨 넣은 그것들이 끓는 용암처럼 솟구쳐 오를 때마다 신물을 삼켜 가며 이를 악물고 견디고 있었을 때였다.

드디어, 나는 안타깝고 뜨거운 짝사랑을 한참 진행 중이었다. 사랑한다고 말하고 싶은 여인이 있었다. 그 흔한 짝사랑이라고 할 수 있는 청춘의 열병을, 나도 어김없이 앓고 있었다. 숨막히는 그녀의 아름다움과 그보다 더 고왔던 웃음과 마음 씀씀이는 누구라도 금세 사랑에 빠지게 할 만큼 순수하고 경건하기까지 했다.

"사랑한다, 사랑합니다, 사랑해도 될까요?"

수없이 거울을 보면서 반복했던 말이었다. 그러나 그 말은 순간에 허공으로 흩뿌려지더니 이내 흔적도 없이 소멸해 버렸다. 늘 내 곁에 있던 고요와 침묵의 에너지는 내 목소리를 앗아갔고 난 쓴웃음을 지을 수밖에 없었다.

누군들 사랑을 해 보지 않았으랴만 나 역시 첫사랑이 아니었음에도 그때의 사랑은 무엇에도 견줄 수 없을 만큼 아팠고 슬펐다. 어른의 언저리까지 자란 생각 덕분에 '사랑'의 판타지는 이미 내 것이 아니었던 때, 난 이루어질 수 없는, 그리하여 고백할 수도 없는 사랑을 들고 어린 아이 마냥 우왕좌왕 현실에 절망하면서 그렇게 매일을 울고 있었다.

술을 마시기 시작한 것도 아마 그때쯤이었을 거다. 고백하지 못한 말의 울음을 달래 주기에는 술만한 것이 없었다. 술이 몸 안으로 퍼질 때에야 나는 소리 나지 않는 울음을 재울 수 있었다. 술에 취한 내 육신도 더 이상 노여워하거나 절망에 울부짖지 않았다.

그녀, 나보다 다섯 살이 많았던 선생님이자 누나. 다정하게 웃고, 환한 미소와 함께 말하기가 자연스러웠던 그녀는 누구에게나 친절하고 언제나 여유로웠다. 심지어 밥을 먹거나 과자 부스러기를 입에 넣으며 수다를 할 때에도 내 눈에 그녀는 항상 그림처럼 그렇게 정지된 듯 보였다.

그녀는 무슨 일에든 성급하게 달려드는 경솔함이 없었고 늘 야학 사람들의 말에 귀기울였다. 어떤 이야기이든지 다 듣고서는 말한 사람보다 더 긴 시간 곰곰이 생각하는 모습은 진지하고 사랑스러웠다. 가끔은 쉬는 시간에 모여 앉아 나눈 괴담에 큰 눈을 회동그랗게 뜨고 상대를 바라볼 때에는 어쩜 그리 아이 같아 보이는지 잔뜩 겁먹은 그녀의 눈을 내 따뜻한 손으로 덮고는 꼭 안아 주고 싶었다. 평소 그녀의 사려 깊음이 가끔 발견되는 천진함 때문에 더 깊은 매력을 자아내고 있었다.

나는 그녀 앞에 듬직하고 단단한 청년으로 서고 싶었다. 그래서 내 마음이 이르는 대로 어두운 골목에서는 그녀를 꼭 안아 안전하게 집으로 데려다 주고 싶었고 비가 오면 펄쩍 뛰어가서는 그녀를 닮은 빨간

학우들과

색 물방울무늬 우산을 사다가 최대한 빠르게 씌워 주고 싶었다. 찬바람이 시작되는 즈음에는 내 털코트 사이에 그녀를 폭 감싸 안아서 추위로부터 도망치고 싶었다. 가는 길, 가끔은 뜨끈한 어묵 국물을 후후 불며 나눠 먹고 싶었고 새빨간 떡볶이를 먹여 주며 입가에 묻은 고추장을 엄지손가락으로 꾹꾹 눌러 닦아 주고도 싶었다.

나는 매일 이런 상상을 했다. 그러나 그야말로 이러한 일들은 상상에서만 가능할 뿐이었다. 유치원과 초등학교 시절에는 무엇이든 가능하다고 믿었다. 어리석고 순진했다. 얼른, 열심히, 운동해서 빨리 달리고, 곧게 걷고, 사방치기 명중왕이 되고 싶었다. 한쪽 발을 들고 서서도 흔들림 없이 세워 둔 돌무더기 정중앙을 맞추겠노라며 매일 얼마나 연습했던가. 팔다리 들어올리기를 몇 백 번, 허리돌리기를 수천 번 하면서 나는 야무지게도 도전을 이어 갔다.

그러나 안 될 일이었다. 시간이 갈수록, 뛰어놀고 싶은 내 마음이 커져 갈수록 내 몸은 볼썽사납게 흔들거렸다. 그리고 청년에 다다라서 만난 그녀 앞에서는 더욱 심했다. 내 마음의 떨림과 긴장은 크게 요동치며 나를 가만두지 않았고 나는 괴로움에 떨며 그때마다 흔들리지 않으려고 이를 악물었어야 했다.

그녀 앞에서 나는 멋진 남자가 아니었다. 나를 아무렇지 않게 대하는 그녀를 볼 때마다 나는 오히려 더 작아지고 부끄럽고 캄캄한 어둠 속에 있는 것 같았다. 나의 장애를 이상하게 보지 않는 그녀의 눈과 마음은 이미 진심이지만, 조금도 의심할 수 없는 사실이었지만, 나는 믿지 못했다. 오히려 나와 그녀의 거리가 더 멀어지는 것 같아서 괴롭기만 했다.

나는 나를 보며 웃는 그녀의 웃음에 의미를 부여하고 싶었고, 나를 보고 어서 오라고, 또, 반갑다고 손짓하는 그녀의 손가락에 나를 향한 사랑이 숨어 있다고 믿고 싶었다. 그러나 그런 생각을 하면 할수록 오히려 나의 부끄러움과 괴로움은 더 커졌고 출렁이는 파도와 같은 마음은 그녀를 피하게 만들었다.

그날도 밤새 뒤척인 덕분에 빨간 토끼눈으로 늦은 오후쯤에야 야학으로 나선 길이었다. 야학을 한 500미터쯤 앞두고서였을까? 마음만큼 무겁게 느껴진 몸을 추슬러 천천히 걷고 있을 때였다.

"성국아, 성국아!"
늘 그렇듯이 허리부터 돌려 뒤를 돌아봤다. 그녀였다.
"뭘 그렇게 땅을 쳐다봐, 돈 떨어졌어? 호홍!"
"어…… 늦었네."
"글쎄 말야, 널 만나려고 그랬나 봐. 우리 지각 커플인데."
"나…난…학교 가기 싫었나 봐…… 늦잠을 잤어."
"우와, 나도, 나도. 오늘같이 화려한 날씨가 유혹할 때에는 손발을 묶어 버리고 싶다니까 하하."
그녀가 호탕하게 웃는다. 솔직한 웃음이다.
"성국아, 우리 야학 가지 말고 이 5월을 즐겨 볼까나? 어디를 쏘다녀도 재미있을 것 같은데 말야, 어때?"

나는 기다렸다는 듯이 단숨에 큰 목소리로

"그래요, 좋아요!" 하고 대답할 뻔했다.

그런데 다행인지 불행인지 나는 머뭇거리며 입속의 말을 삼켰다. 그리고 내 마음도 모른 채 밝게만 웃고 있는 그녀가 살짝 미워지기까지 했다.

슬펐다. 울컥 주저앉아 울고 싶었다. 당장이라도 그녀의 손목을 붙잡고는 가장 가깝게 보이는 골목으로 뛰어들어가 한쪽 벽에 그녀를 몰아세우고 너를 좋아한다고 고백하고 놀란 그녀의 입술이 진정을 되찾아 닫히기 전에, 그녀의 입술에 핏물이 동그랗게 맺히도록 강하고 거칠게 입맞춤하고 싶었다. 그녀를 와락 끌어안아 서로의 품속에서 질식하는 순간의 쾌락에 매몰되고 싶었다.

하지만 난 또다시 그녀에게 들키지 않도록 입술을 꽉 깨물었다. 꽉 깨문 어금니가 시큰거렸다. 입술에는 이미 피가 뭉쳤다. 조금 있으면 입술의 얇은 살갗 밑에 고인 핏물이 흘러나올 것이다. 나는 그것을 얼른 혀로 닦아 삼키며 피맛만큼 찝질할 내 육체를 조롱하겠지.

"날씨가 정말 좋지? 호호, 들어가자…… 다 왔네……."

그녀가 앞서 씩씩하게도 걸어 들어간다.

순간 뿌옇게 시야가 흐리며 그녀의 작은 등이 점점이 멀어져 결국 점멸한다. 그녀는 보지 못했을 것이다. 소리 내지 못하는 눈물의 무게를 알지 못할 것이다.

해바라기의 마지막 고백

나 3년간의 홀사랑을 이제 접으러 합니다
그동안의 당신으로 인해 마음 조였던 하루하루
이젠 굳게 맘의 열쇠를 채우며…
그런데 왜이리 홀가분하지 않는지…
바보같이 눈물이 나려 합니다…
지금도 시커멓게 속이 탔지만
앞으로도 더욱 시커멓게 속이 타겠지요
먼훗날 언젠간 고백하면
그땐 이미 늦겠죠?
부디 행복하길……

　나는 돌덩이 같은 마음을 또 한 번 가볍게 닫아걸 것이다. 누구도 눈
치채지 못하는 명쾌한 웃음으로 아픔을 숨길 수 있을 것이다. 짐작할
수 없는 슬픔과 고통을 짐작하기 어려운 웃음과 표정 뒤로 안전하게
숨길 수 있을 것이다. 내 사랑은 고백의 산을 바라만 보고서는 넘지 못
하고 발길을 돌린다.

생명의 기원, 어머니의 눈물과 한숨을 먹고 자랐다

...

나는 어머니의 눈물과 한숨을 먹고 자랐다. 그래서 더 마른 몸을 가졌는지도 모르겠다. 어머니는 자주 나를 보고 긴 한숨을 쉬었고 그때마다 울먹이셨다. 어머니의 한숨은 지금도 멈추지 않아서 그때마다 매번, 어김없이 아프다. 어머니는 삶의 무거움에 지칠 때마다 그것으로부터 숨을 돌리기 위해 버거움을 모아 숨으로 내보낸다지만 나는 엄마의 한숨을 들을 때마다 오히려 그 가벼운 숨이 엄청난 무게로 날아와 등에 달라붙었다. 아교로 붙인 듯 도대체 떨어져 내리지 않는 엄마의 한숨은 켜켜이 쌓여서 언제부터인가 나를 거북이로 만들어 버리고 있었다. 거북이가 될까 두려웠다.

어머니의 한숨은 아버지가 뇌졸중으로 쓰러지고서부터 더 잦아졌다. 그때는 내 설움이 시작되어 알 수 없었지만 어른이 되고서 생각해 보니 어머니는 정말 큰 짐을 지고 살아오셨다. 건강하지 못한 장남만으로도 재앙일진대 남편마저 몸져눕게 되었으니 어머니는 전사가 되어야 했을 것이다.

아버지는 쓰러지시기 전까지 자개 가구공장을 운영하셨다. 그때까지만 해도 우리집은 중산층에 속했고 특별히 사는 데에 어려움은 없었다. 엄마는 나를 업고 공장 삼촌들 밥을 해 주셨다고 한다. 그러나 아버지가 쓰러지시고 우리집은 아주 빠르게 형편이 기울었다. 집안일밖에 모르시던 엄마가 조립부품 공장에 다니셔야 했고, 집도 팔고 반지하로 이사를 가야 했다. 넓은 집에 살다 햇빛도 잘 들지 않는 곳으로 이사 온 날, 나는 숨이 턱턱 막혔고, 사람이 죽으면 이렇게 땅속으로 가는구나! 라는 생각이 들었다. 매일이 캄캄했고 덩달아 내 미래도 암흑이라는 생각을 당연하게 받아들이고 또, 확신하고 인정하기까지 했다.

어머니는 살아야 했고 아이들을 가르쳐야 했기에 강해져야 했을 것이다. 살갑게 아이들의 학교생활을 묻는 것도 사치였을 테고 당연히 친구가 누구인지, 그 친구들의 성격은 어떠한지, 친절한 아이들인지, 웃음이 많은 친구들인지 궁금할 수 없었다. 어머니가 아들에게 하는 좋은 친구를 사귀라는 흔한 말은 텔레비전 드라마에서나 볼 수 있는 것이었다.

어머니는 결석을 절대 용서하지 않으셨고, 아파도 학교 가서 아프라며 주뼛대는 나와 동생을 곁눈으로도 살피지 않으셨다. 감기 정도는 스스로 이겨 내야 하는 것이었고 밥 잘 먹으면 낫는 정도의 질병이었다. 그 시절에는 어쩜 그리도 밥 잘 먹으면 낫는 병이 많았는지 친구들과 뛰어놀다 무릎에 생채기가 나도, 신열에 시달려도, 팔다리가 부어올라도, 머릿속 종기가 곪아터져도 어머니는 늘 "밥 잘 먹으면 낫는다."

하셨다.

그런데 정말 놀라운 것은 정말 밥 잘 먹었더니 거짓말처럼 낫는 것이었다. 목구멍이 부어올라 침 삼키기가 어려웠을 때에도 물에 말아 흰밥을 꾸역꾸역 삼키면 금세 열도 내리고 씻은 듯 나았다. 물에 말은 밥맛이 달큰하게 느껴질 때쯤이면 몸은 다 나았다. 한 번은 알 수 없이 열이 오르고 내 숨의 뜨거움으로 입안이 다 타 버릴지 모르겠다는 생각을 하며 웅크리고 잠을 청하고 있었을 때다. 며칠이 지나도 물에 만 밥맛이 좀체 단맛이 나지 않았다. 제법 병이 났구나 싶었던 즈음에는 어머니의 특효 처방이 있다. 어머니는 일하고 오셔서 급히 차린 저녁 밥상에 노란 계란찜을 올리셨다. 짭짤한 새우젓 맛이 고소한 계란 맛과 합쳐지면서 부드럽게 목을 타고 내려가는 기분이란 무엇과도 바꾸고 싶지 않은 황홀경이었다.

그러나 동생도 나도 그 계란찜을 먹고 싶어서 꾀병을 부리지는 않았다. 쉽게 아프단 말도 하지 않았는데 아마도 너무 일찍 철이 들어야 했던 환경 때문이었던 것 같다. 그 어린 나이에도 어머니의 고생을 너무 잘 알고 있었고, 지금은 값싼 것이지만 그때는 개나리처럼 깨끗하게 노란 계란찜을 쉽게 덥벅덥벅 먹는 일이 미안했기 때문일 거다. 동생과 나는 누가 먼저랄 것도 없이 엄마의 퍽퍽한 가슴과 마른 손가락을 이미 마음속에 담아 두고 있었다.

"내가 죄가 많아서……"

어머니는 나를 뱃속에서 잘 돌보지 못해 다리부터 세상에 나오게 했다고 자책했다. 하루가 꼬박 지나서야 울음을 터트린 아들의 등을 쓰다듬으며 어머니는 '다행이다, 다행이다.' 하늘과 땅의 모든 정령들에게 감사의 기도를 드렸다고 하셨다.

그러나 어머니의 바람과 기도가 닿지 못했는지 이틀 만에야 버둥대며 자지러지는 아기의 울음은 다른 아기들에 미치지 못했단다. 백일이 가까워서는 배냇짓으로 버둥대는 아기의 움직임도 여느 아기들과는 많이 달랐단다. 돌이 가까우면서 내 손은 조금씩 뒤틀려 제멋대로 버둥댔고 목도 가누지 못해서 마음대로 움직이지 않는 머리는 그냥 끄덕거렸단다. 고개는 졸린 듯 푹 떨어지기도 했고 옆으로 괴어 무슨 생각에 잠겨 있는 듯했단다.

어머니는 당신의 바람과는 달리 하루가 다르게 변해 가는 나의 몸을 부둥켜안고 참 많이도 우셨단다. 당신이 어릴 적부터 했던 잘못을 손가락 꼽아 가며 세어 보았고, 외할머니와 외할아버지 속 썩게 해 드린 것은 없었던가 되짚어 생각하기를 몇 날 며칠 하셨단다.

일하기 싫다며 달아났던 밭에 외할머니 혼자 남아 땡볕에 밭 매게 했던 것도 걸리고, 아버지 흰고무신 값을 속여 오던 길에 풀빵 사 먹은 일도 걸리셨더란다. 막걸리 받아 오던 길에 주전자 뚜껑에 슬쩍 따라 한 모금 몰래 마셨던 일에서부터 동네 친구에게 고구마 주고 엿 받아 먹던 일과 외할머니 몰래 김장독을 헐어 김치 몇 포기 퍼 돌렸던 일, 설 전날 뽑아 놓은 가래떡 한 가닥을 간도 크게 혼자 먹어치운 일, 닭장서 가지고 나온 계란 수를 속인 일과 농번기에 꾀병 내고 더운 날 혼자 들

창에 누운 일까지 하나하나 실타래 풀리듯 셀 수 없이 많았던 잘못이 걸리더란다.

그러나 그제서야 잘못을 뉘우치고 반성한대도 아들의 장애는 되돌릴 수 없었다. 어머니는 이 엄연한 진실이 두려웠단다. 누구라도 붙잡고 용서를 빌고 싶었고 어디에라도 머리를 조아리며 간절하게 빌었단다. 장독대에도 부처님께도 교회에 계시는 예수에게도 심지어 점쟁이를 찾아서 '그저 우리 아들 낫게 해 줍시사…….' 어머니의 간절한 마음은 기도였고 주문이었다.

그러면서도 아들을 낫게 하기 위한 다양한 민간요법도 성실하게 따라 하셨단다. 된장을 뜨겁게 볶아서 내 무릎과 팔꿈치 관절에 처덕처덕 붙이기도 했고, 소금과 파를 볶아 주머니에 넣어서는 배꼽 위에 올리고 또 팔목과 발목도 칭칭 감아서 비틀어진 관절이 제자리를 찾아오기만 소원했단다. 동네서 용하다는 침술사를 찾아가 정수리에서부터 발가락 끝까지 침을 꽂아 혈이 통하기를 몇 번, 쑥뜸을 뜨고 사혈을 하여 나쁜 피를 뽑아내는 일은 하루걸러 한 번씩 진행되었다.

기억나지 않지만 어린 나는 고통에 소리쳤고 반복되는 두려움에 어머니 품을 파고들었다. 치료받는 동안 한 번도 눈물을 흘리시지 않던 어머니는 어린 아들을 등에 업고 땅거미가 내릴 때 집을 나서 밤이 이슥할 즈음 지친 걸음으로 돌아오는 길 위에서 지나가는 사람들에게도 들키지 않게 어깨를 들썩이며 우셨다. 정확하지는 않지만 꿀렁이는 엄마의 등에 엎드려 나도 따라 울었던 것 같다.

꼬꼬마 의리로 뭉쳤던 골목 친구들과의 유년 시절

...

나의 유년 시절은 그렇게 비극적이지 않았다. 텔레비전 드라마에서처럼 집안의 천덕꾸러기가 되었다거나 나로 인해 불행한 일이 연속되는 등의 극적인 비극은 없었다. 아마도 대부분의 장애우들 또한 그랬으리라 생각한다.

사실 드라마와 영화는 장애에 대한 대책 없는 두려움을 양산하고 있다. 그래서 장애에 대해서는 왜곡된 정보와 지식이 참 많은 것 같다. 분명하게 타인의 '특별한' 시선이 있는 것은 맞다. 나 또한 길을 걷거나 카페 등에서 그런 시선이 불편하다. 그러나 이는 어쩔 수 없다. 확연하게 다른 이들에 대한 호기심의 눈을 거두라 할 수는 없지 않은가 말이다.

그런데 영화와 드라마, 소설과 시도 장애는 그대로 슬픔을 담지한 불행의 '덩어리'로 명명해 버린다.

나는 동네 아이들과 한참 즐거운 때를 보냈다. 나는 유난히 공차기를 좋아해서 아이들과 매일 해가 지도록 공차기를 했다. 공을 차서 다른 집 현관 유리문도 많이 깨트렸다. 또한 오락실에 가서 오락을 하다 돈이 없어 동전에 구멍을 내 코인수가 올라가도록 기술(?)도 터득했었고, 골목에 세워진 자전거나 오토바이도 슬쩍 가지고 와서 어머니에게 두들겨 맞고는 주인에게 돌려준 일도 몇 차례 있었다. 생각해 보면 엄청난 범죄(?)일 수도 있었지만 그때의 인심은 꿀밤 몇 대 쥐어박히는 것으로 죄씻음을 했던 것 같다. 아무튼 지금은 어린 시절의 일을 동네 친구들과 재미있었던 놀이로 추억하고 있다.

아이들과 어울려 노는 데에는 어려움이 없었다. 물론 높이 뛰거나 깨금발로 서 있어야 하는 놀이, 뛰거나 구르는 데에는 다소 어려움이 있었다. 나는 장애가 없는 아이들만큼 빨리 뛸 수 없었고 외발로 서 있는 것은 어려웠기 때문이다. 그러나 그것은 노는데 아무 문제가 되지 않았다. 아이들도 기다려 주면 그뿐이었고, 뛰다 넘어져서 내가 또 술래가 되면, 그것은 그냥 받아들이면 될 일이었다.

나는 맨날 왜 나만 술래냐고 투덜대지 않았고 아이들도 그런 나를 일부러 골려먹지 않았다. 다만 엄마는 내가 거의 매일 다치는 일이 많아서 아이들과 밖에 나가 노는 것보다는 당신 곁에 두기를 원하셨다. 나는 괜찮았는데 자주 넘어지고 가끔은 손바닥이며 무릎에 핏방울 보이는 일이 걱정스러우셨던 거다.

"성국아, 비석치기 하자."
"난, 세모돌이라 완전 똑바로 선다. 잘 안 넘어가지롱."

"나…아…안…자꾸 너, 너. 넘어져서…접때도…피…피…피…가
났는데……."

"에이, 그래서 안 할 거야?"

"그러니까 너 살살 와."

　엄마의 걱정이 생각나서 그날 친구들이 놀자는 것을 거절하려고 했
다. 피떡이 앉은 무릎도 걱정이었고 또 무르팍이 까져서 들어가면 엄마
의 핀잔을 들을 게 뻔했기 때문이다. 조심하지 않았냐고 핀잔을 듣는
것이기만 하면 괜찮은데 다시는 친구들이 불러도 나가지 못하게 할까
봐 며칠이라도 엄마 말을 들어야 할 것 같았다. 며칠 전에도 동생을 좇
아 나가려는 것을 붙들어 앉힌 엄마였다.

　나는 엄마가 '성국이는 나랑 놀자.' 할 때가 가장 싫었다. 착한 엄마
에게 싫다고 말할 수도 없고, 엄마 옆에서 심심하게 시간을 보낼 것을
생각하면 그 시간이 너무나 지루해서 견딜 수가 없었다.

　친구들이 오늘도 우리집 앞에서 놀자고 모였다. 한참을 속닥대다가
엄마의 눈치를 보면서 슬금슬금 현관을 나서려는데 어김없이 엄마의 어
깃장이 뒤쫓아 왔다.

　　"너 또 무릎에 피 내서 오면 학교고 뭐고 방바닥에 붙들어 앉
　　혀 놓을 줄 알어?"

　지금 생각해 보면 그때마다 내 친구들의 행동은 귀엽고 의젓했다.

유년 시절 즐거운 한때

내 무릎을 잠시 쳐다보던 친구들은 아무 말도 없이 서너 뼘 떨어진 곳에 쭉 각자의 비석을 세우고 운동화 발가락 끝으로 출발선 두 개를 쭉 그었다. 하나는 세워진 비석과 좀 가까운 거리에, 또 하나는 그보다 조금 뒤였다. 굵고 선명하지만 비뚤비뚤했던 두 개의 선은 나와 친구들의 출발선이었다. 친구가 오른발로 흙바닥에 줄을 긋는 동안 흙먼지는 선을 따라 폴폴 일어섰고 친구 어깨는 주춤주춤 춤을 추듯 흥거워 보였다.

     “야, 성국이는 여기서 뛰어.”
     “좋아, 성국이 무릎에서 피 났으니까 오늘은 봐준다.”
     “좋아, 오늘은 깨금발 없애고 두 발 뛰기만 할 수 있는 거다.”
     “앗싸라비오!”

친구들과의 놀이에서는 규칙과 질서가 고무줄처럼 언제나 늘고 줄었다. 고정되거나 정해진 것은 없이 그때그때 새롭게 규칙이 만들어지고 거기에 모두들 기분 좋게 따랐다.
대장이 없어도 누군가 의견을 내면 아주 쉽게들 마음이 모아졌고, 마음이 통했던 것인지 금세 바뀐 규칙에 빨리 적응하며 참 오랫동안 재미있게도 놀았다.
골목길에서 떠들썩하게 놀다 보면 빨리도 곧장 달무리가 퍼져 갔고 좁은 골목길에 밥 먹으러 들어오라는 엄마의 목소리가 꽉 차야지만 우리의 놀이는 끝이 났다.

'오징어', '사방치기', '얼음땡', '다방구', '꼬리잡기', 내게는 온몸에 힘을 모아도 따라가기 버거운 놀이였지만 매번 지쳐 쓰러질 때까지 놀이의 마지막 멤버로 남았던 것 같다.

친구 중 누구 하나 나서서 유난스레 배려하지 않았던 덕분에 나는 내 몸의 장애를 의식하지 않고 살 수 있었다. 그야말로 천진난만한 유년 시절이었다.

뇌성마비 1급 장애인 소년의 학교생활기

...

나는 뇌성마비 1급 장애인이다. 나는 중중장애인이다. 그러나 내 몸의 장애는 학교생활을 하는 데에 어떤 장애도 만들지 않았고 나는 내 몸의 장애를 크게 의식하지 않고 살 수 있었다. 6년 내내 친구들과 즐겁게 뛰어노느라고 공부를 못했지만 그래도 나는 누구보다 학교 가는 것이 신나고 즐거웠다.

초등학교에 입학해서도 놀기 바빴다. 쉬는 시간에도 자리에 앉아 있지 않았고 모둠 사이를 뛰어다니다가 책상 모서리에 옆구리도, 허벅지도 눌러서 퍼렇게 멍들기 일쑤였다. 한 번은 반 아이들의 책가방을 뛰어넘다가 모서리에 이마를 부딪쳐 꿰맬 뻔한 일도 있었다.

체육 시간은 최고로 좋았다. 국민체조도 신났고 무엇보다 매트 구르기가 참 재미있었다. 특히 뒤로 구르기는 쪼그려 앉아 코끼리처럼 귀 옆에 손바닥이 하늘을 보도록 해서 바짝 대고는 몸을 동그랗게 만들어 뒤로 구르는 것인데 대다수 친구들은 정말 어려워했다.

그런데 나는 가볍게 훌렁 뒤로 넘기를 잘했다. 그러나 내게 뒤로 구르기는 가볍고 쉬운 동작은 아니었다. 나는 몸이 가볍고 날랬지만 그래도 마음대로 움직이는 팔다리를 동그랗게 모으기란 온 신경을 집중해야 하는 것이었고 게다가 배에 힘을 주는 일이란 결코 쉽지 않았다. 하지만 난 빠르게 동작을 이어 가는 연습으로 가볍게 뒤로 구르기를 할 수 있었다. 빙글, 세상이 한 바퀴 돌아서 또다시 제자리를 찾는 것이 참 재미있었다.

너무도 가볍고 쉽게 넘어가서 선생님은 내게 시범을 보이게 했고 동작도 예쁘다며 칭찬해 주셨다. 다만 구르고 난 뒤 마무리 동작이 미워서 아쉬웠지만 그런대로 만족스러웠다. 뒤로 구르는 내 모습을 볼 수 없었지만 선생님의 차고 넘치는 칭찬은 언제나 내 어깨에 힘을 불어넣었다. 마치 '어깨뽕'을 넣은 것처럼 말이다.

초등학교 시절은 매일 학교에 가고 싶어서 긴 방학 동안에도 손꼽아 개학을 기다렸다. 동네 친구들과의 놀이도 좋았지만 골목길에서 벗어나 좀 더 멀리 나서는 길에서 만나는 사람들과 꽃과 바람과 상가 간판들, 사고 싶은 장난감이며 간식이 가득한 문방구 앞을 지나는 일은 매일 새롭고 신났다.

체육 시간만큼이나 좋아했던 공부 시간은 미술이었다. 나는 제법 그림을 잘 그렸는데, 이것은 순전히 자개 가구를 한 아빠와 엄마 덕분이기도 하다. 어머니는 내가 밖으로 놀러 나가지 못하게 붙들어 앉혀서는 당신 얼굴을 그려 달라, 장독대를 그려 봐라, 하늘을 그려 보라며 많은 주문을 하셨다. 그림 그리기도 좋아했기 때문에 그때마다 쉽고

자신감 넘치던 청소년기

재미있게 흰 도화지에 크레파스로 쓱싹쓱싹 스케치를 하고 색을 입히는 일을 빠르게 할 수 있었다. 순식간에 변하는 하늘의 얼굴과 장독대에 드리운 그림자의 크기는 그것이 살아서 움직이는 것 마냥 도망치기도 하고 키가 쑥쑥 자라는 것도 같았다. 또, 얼굴을 제각각 모양으로 바꾸어 가며 같이 놀자고 말을 거는 것도 같았다.

학교에서도 내 그림은 교실 뒤 작품 게시판에 자주 걸렸다. 선생님의 칭찬도 많이 듣고 창 밖 풍경을 그리거나 골목에서 뛰어노는 아이들의 모습을 상상하노라면 벌써부터 엉덩이가 들썩이며 그림을 그리는 내내 춤을 추듯 가볍고 신나게 완성할 수 있었다.

나는 그림자, 왕따 성국의 학교생활 포기 선언!

...

나와 함께 태어난 장애는 나와 같이 뛰고 놀면서 나와 함께 자라고 컸다. 어린 시절은 의식할 수도 없을 만큼 작게, 청소년기에는 질풍노도라는 시기에 걸맞게 요란스럽게, 성인이 되어서는 더 큰 삶의 무게로 나를 눌렀다.

내 몸이 나의 생각과 다르게 움직이는 것을 의식한 것은 초등학교를 졸업하고 중학교 입학을 앞둔 즈음이었다. 내 몸은 어떤 때는 제 마음대로, 내 몸이 아니라 다른 사람의 몸인 것처럼 팔다리를 버둥거렸다. 몸이 내 생각과 감정에 따라 주지 않을 때 나는 내가 낯설었고 좀 당황스럽기까지 했다. 물론 이전부터 내 몸은 내 생각과 다르게 움직였을 것이다. 그러나 그때는 그것이 문제가 되지 않았다. 정확히는 내가 그것을 의식할 필요가 없었다는 거다. 그러나 중학교에서 만난 친구들과 선생님은 나에게 그것을 의식하라고 눈짓했고 나는 그들의 생각을 빨리 알아차릴 수 있게 돼 버렸다.

동생과 함께 학교에 다니느라고 2년 늦게야 학생이 될 수 있었던 나는 중학교도 동생과 함께 입학했다. 그런데 중학교는 초등학교와 달랐다. 입학식 이후 새 교실에서 새 선생님과 그동안 골목에서 만났던 친구들이 아닌 새로운 친구들을 처음 만나는 일은 설렘도 컸지만 알 수 없는 두려움도 함께였다. 담임 선생님이 관심을 가져 주셔서 학교가 덜 낯설었지만 그래도 왠지 나는 혼자 떠 있는 섬 같았다.

익숙한 사람들과의 이별이란 언제나 새로운 만남을 두렵게 하기 마련이다. 그런데 그 두려움은 좀체 사라지지 않았다. 4월이 되어서도 나는 맨 앞에서 두 번째 자리에 앉아 하루 종일 입안에 거미줄을 칠 정도로 말없이, 조용히 있었다. 누구도 함께 놀자고 하지 않았고 하다못해 시간표를 묻거나 연필, 지우개 등을 빌려 달라고 하는 친구들도 없었다.

아이들은 내 책상을 빙 돌아갔고 옆 짝은 내가 글씨 틀린 것을 나보다 먼저 알고 그때마다 지우개를 밀어주는 것으로 짝의 역할을 다 하고 있는 것 같았다. 시간이 지나면서 나는 먼저 말 걸기가 어려워졌다. 조용하고 친절한 그들에게 나의 어눌한 말을 듣게 하기가 부끄러워진 것이다. 그런 생각은 초등학교 다니면서는 하지 않았던 것들이었다. 그런데 중학생이 되고부터 스스로 위축되어서는 정중하고 예의바른 친구들에게서 매일 한 걸음씩 멀어져 가고 있었다.

친구들은 나에게 먼저 말을 걸지 않았지만 내게 필요한 것은 미리 챙겨 주었고 함께 놀자고 하지 않았지만 나를 놀린다든지 하는 일은 절대 없었다. 간혹 옆 반 아이들이 나를 노골적으로 쳐다보고, 가끔은 내 걸음을 흉내 낼 때에도 그들은 그것을 보지 못했고, 혹시나 내가 속상

즐겁던 학창 시절

할까도 관심 갖지 않았다. 난 우리 교실의 이방인이 된 것 같았다.

당연히 학교생활은 재미없었고 결석도 잦아졌다. 나는 자주 배가 아팠고 열이 났으며 괜한 치통까지 생겼다. 뛰어놀기만 잘 하던 다리가 욱신욱신 쑤셨고 가만히 생각해 보면 팔도 아픈 것 같았다. 어머니는 내가 잦은 핑계를 대고 학교 안 가기를 밥 먹듯이 하는 것을 속상해 하셨다. 몇 번은 마당비로 엉덩이를 치며 학교로 쫓아내기도 하셨는데 거의 매일이다시피 울상을 해서는 학교에 안 가겠다는 아들을 달랠 방법을 찾지는 못하셨다.

1학년 2학기 개학식 날 엄마와 등교를 하는데 교문이 얼마나 무서웠던지, 마치 저 문에 들어가면 되돌아오지 못할 것 같다는 공포감이 엄습했다. 엄마에게 도저히 못 들어가겠다고 떼를 쓰며 한참을 실랑이하고서야 다시 집으로 돌아왔다. 어머니도 짐작하고 계신 것이 있었던 것인지 학교를 그만두겠다는 내 결심을 순순히 받아들이셨다.

학교와 교실에서 그림자처럼 존재하기는 하지만 존재감 없는 아들이 침울하게 하루하루를 보내는 것을 그냥 두고 보는 것이 결코 쉽지는 않으셨을 것이다. 더욱이 골목에서 흙 범벅이 되어 뛰어놀던 아들이 무표정한 얼굴로 학교를 오가는 모습이란 얼마나 두고 보기 힘드셨을지 어머니의 마음도 이미 오랫동안 상처를 받고 계셨다.

나는 가끔 친구들과 어울릴 때도 이전처럼 큰 목소리를 낼 수 없었다. 친구들이 자꾸 다시 묻는 바람에 목소리는 점점 작아졌고 계속 다시 묻는 친구들이 있을라치면 분위기는 금세 어두워졌다. 이런 분위기가 반복되어 만들어질수록 나는 조금씩 눈에 보이게 주눅들어 갔다.

자퇴, 그리고 새로운 입학

...

　그 덕분인지 자연스럽게 중학교에 입학하고 6개월 가까운 시간 동안 집중했던 것은 그림이었다. 나는 이전의 그림보다 더 세밀하게 사람 얼굴과 표정을 만들고 꽃잎의 피고 지는 모습을 표현해 낼 수 있게 되었다. 장미의 붉은 빛이 제각각인 것을 그때 알았고 개나리도 진달래도 사실은 가까이서 보았을 때 그저 노랑과 분홍빛이 아니란 걸 깨달았다. 나는 학교에서의 대부분의 시간을 하늘을 보는데 썼고 그러다 보니 구름을 기막히게 잘 그렸다. 구름 아래 자유롭게 날아다니는 멧비둘기와 참새의 표정까지도 표현해 낼 수 있었다.

　그러나 그림은 완벽하게 아름다운 하늘과 땅의 모습을 담고 있었지만 내 마음은 공허했다. 조롱하듯 쳐다보는 친구들의 눈빛에 당당하지 못한 내 자신이 너무 초라했고, 그것을 무시하지도 못하는 내가 미웠다. 그저 장애를 가진 내 몸이 시간이 지날수록 더 많이 부끄러웠지만 그래도 부모님을 원망하지는 않았다. 그저 나는 앞으로 아무것도 할 수 없는 진짜 '병신'이 될 수 있겠다는 두려움과 분노로 매일을 살았다. 그림이 위로가 되어 주었지만 지독한 절망에서 나를 구원해 주는 것은 없었다.

학교를 그만두고 6개월을 집밖으로 나오지 못했다. 하루 종일 보지도 않는 텔레비전을 틀어 놓았다. 잠자는 시간도 들쑥날쑥했고 컴퓨터를 하다가 밖이 훤하게 밝아오는 것을 보고서야 그대로 푹 고꾸라져 잠이 들었다. 당연히 식사 시간도 불규칙했다. 배고플 때 눈에 보이고 손이 닿는 데 놓인 무엇이든 입으로 가져가 먹었고 배고프지 않으면 며칠이고 먹지 않았다.

워낙 마른 몸은 더 많이 말라갔고 빛을 못 봐서인지 얼굴도 누렇게 뜬 것 같았다. 내 인생에서 가장 어둡고 암울한 시기가 그때가 아니었을까 싶다. 17살 소년에게 낮과 밤의 구분이 없고 내일도 모레도 해야 할 일이 없으며 또, 하고 싶은 일도 없었다는 것은 큰 형벌과도 같은 일이었다.

"성국아, 누나 갔다올게."

"……."

"성국아, 밥 꺼내 먹어라. 너 밥 안 먹으면 엄마 속상하다."

"……."

"에이, 못난 눔."

아버지의 목소리가 차라리 아프지 않았다. 정말 나는 못났으니까, 하루에도 수십 번씩 내 자신에게 못난 놈이라고 매일매일 욕을 퍼부어 대고 있었으니까. 그렇게 몇 달을 살다 보니 어느 날, 갑자기 두려워졌다. '이렇게 방구석에서 늙어 죽을 수도 있겠구나. 그런데 이렇게 방구석에서 늙어 죽을 건가?', '싫다면 무엇을 하고 살 건가?' 이 생각도 저 생각도 온통 두려움뿐이었다. 확신할 수는 없지만 셀 수 없을 만큼 많은 시간을 지금처럼 보낼 거다 생각하니 끔찍했고 그럼 앞으로 무엇을 하며 살 것인가 생각하니 두려웠다. 난 한 걸음 앞으로 나가지도, 뒤로 물러설 수도 없는 노릇이었다.

생각이 길어지거나 깊어지려고 하면-생각이 꼬리를 물면-나는 도망치듯 이불 속을 파고들었다. 지금 생각하면 어떤 결정도 내릴 수 없을 만큼 나는 자존감도 이미 바닥을 뚫고 있었던 것이다.

어머니는 매일 한숨이 더 깊어졌지만 내게 어떻게 하라는 질책은 없으셨다. 아버지도 마찬가지셨다. 누나, 동생도 내게 말을 걸지 않는 등 우리 가족은 내가 불편해하는 것을 이미 너무 잘 알고 있는 듯 걱정을 무관심으로 포장하고 있었다. 가끔 마루에 앉아서 눈에 담긴 것을 무작정 끄적거리는 시간을 빼고는, 아니 어쩌면 그 시간도 나를 쫓는 미래에 대한 걱정과 현실로부터 도피하기 위한 부단한 몸부림이었다.

그렇게 여름, 가을을 웅크려 보내고 늦가을 낙엽 태우는 냄새가 익숙할 즈음이었던 것 같다. 그날도 늦게 일어나서 동네 수퍼에서 라면 한 봉지를 사서는 천천히 놀이터를 한 바퀴 돌아 집으로 가고 있는 중이었다. 잔뜩 웅숭그리고 걷고 있었는데 전봇대 허리 즈음, 높지 않은 위치에서 흰 것이 펄럭이고 있었다. 잔망스럽게도 움직여서 쉽게 눈을 떼기 어려웠는데 가까이 가서 보니 야학생을 모집한다는 벽보였다.

'공부하고 싶은 사람은 누구라도 오십시오!'

내 눈이 꽂힌 곳은 '누! 구! 라! 도!'라는 굵은 글씨가 쓰여진 종이 상단이었다. 누구라도 환영 한다니 누구라도 갈 수 있겠구나 생각했다. 당장 달려가고 싶었는데, 그 순간 '나 같은 장애인도 있을까?' 하는 생각도 슬그머니 고개를 들었다. 그러나 그뿐. 정식 학교도 아니고 누구라도 공부하고 싶은 사람들이 모이는 곳이니 내가 간다고 해도 전혀 이상하지 않을 거라는 확신이 들었다. 야학이니 할머니, 할아버지도 있을 것이고 어쩌면 우리 엄마와 비슷한 나이의 아주머니들도 많을지 몰랐다. 나와 같은 장애인도 한두 명 있으면 좋겠다고 생각했다.

어디에서 용기가 났는지 나는 전봇대의 전단지를 확 떼어서는 야무지게 챙겨 주머니에 넣었다. 그리고 다음 날 중랑구 묵동에 있는 야학의 문을 두드렸다. 어서 오라며 나를 반겼던 사람은 나보다 키가 훌쩍 큰, 대학생으로 보이는 형과 교장 선생님이었다. 교장 선생님이 얼마나 서글서글하게 웃고 있는지 하마터면 금세 형이라고 부를 뻔했다. 그날부터 바로 공부가 시작되었고, 내 예상대로 매우 다양한 사람들이 야학으로 모여들었다. 나는 거의 막내였는데 공부하러 모인 큰형과 왕누님들도 나를 예뻐해 주고 늘 밝게 웃고 씩씩한 대학생 선생님들도 많아서 야학 공부는 즐겁고 신났다.

그때부터 21년간 이어온 동기인 만년이 형과는 거의 친형제처럼 지금도 일주일에 한 번은 꼭 만난다. 만년이 형과 인연은 1996년부터 이어

야학을 다니던 시절

진다. 벌써 21년, 야학 동창이자, 일주일에 한두 번은 꼭 보는 친구며, 가족보다 더 가까운 형, 아우 사이다. 우리 둘 사이엔 한끝의 비밀이 존재하지 않는다. 나는 형이 결혼할 때 진심을 고백하기도 했다.

"형이 결혼을 해도 지금처럼 형수랑도 허물없이 지내고 싶어!"
"언능 성국이 옆 누군가가 생겨 넷이 만나면 참 좋겠다……."

형의 바람처럼 형 가족과 함께 미래의 내 가족도 함께 즐겁기를 기대한다. 미래의 내 사랑하는 가족!

만년이 형과의 뜨거웠던 우정만큼 그곳에서 나의 첫사랑도 뜨겁게 시작되었다. 그녀를 두고 앓았던 사랑의 열병은 얼마나 독했던지 서른이 넘은 지금은 추억이 되었지만 20대를 살면서는 내내 아픈 기억이었다. 그녀가 있어서였는지 나는 열심히 공부해서 차례로 검정고시를 통과했고 대학에 입학할 수 있었다. 고백도 하지 못한 그녀와는 헤어졌지만 나는 야학에서 공부한 덕분에 대학에도 입학할 수 있었고 광고홍보학을 전공하여 최소한 내 삶을 책임질 수 있는 능력을 갖추게 되었다.

무대에서 말 걸기

...

　실험예술제 참가 이후로 나는 퍼포먼스에 한참 집중했다. 2005년 〈Black blood〉로 정식 데뷔 후 다음 해인 2006년에는 무용하는 길호와 함께 〈핏줄〉이란 작품을 만들고, 첫 무용작품 공연을 했다. 〈핏줄〉은 Brother 작품의 원조다. 〈핏줄〉 작품을 연습할 때는 상명대 무용과 재학 중이었던 길호네 학교에서 연습했는데 무용과가 산꼭대기에 있어서 갈 때마다 마치 산을 타는 것 같아서 정작 연습보다 연습실 가는 길이 더 험하고 힘들었던 것 같다. 어쨌든 덕분에 위밍업은 충분했다.

　〈핏줄〉은 나의 원형을 찾아가는 과정이 표현된 공연이다. 제목처럼 끈끈하고도 단단한, 나의 존재를 증명하는 과정으로 구성되었는데 과정 내내 그야말로 생경한 감정을 느낄 수 있었다. 나는 그 감정에 집중했고 그것을 표현하는 데에 온 에너지를 쏟았다. 정말 열심히 연습했고 집에 돌아와서는 기절하듯 쓰러졌던 일도 수차례였다. 몸은 여기저기 멍투성이였고 입안은 온통 헐어서 밥을 먹기조차 어려웠다. 체력적인 한계를 느꼈지만 첫 무용작품 공연을 생각하면 잠을 잘 수 없었다. 그

눈물과 땀의 시간이 하늘을 감동시켰는지 나는 기대했던 CJ YOUNG 페스티벌에서 최우수상을 수상할 수 있었다. 데뷔 이후 처음 이룬 성과에 감격해서였는지 나는 잠깐의 쉼도 없이 미친 듯 다음 작품 구상과 공연 기획에 몰입했다.

같은 해 2006년에는 〈성에도 장애란 없다!〉로 한국문화예술위원회 '신진예술가'로 선정되는, 과분한 선물을 받았다. 공식 데뷔 이후 1년 만에 거둔 쾌거였기에 더욱 자랑스럽고 보람도 컸다.

또한 첫 시연한 〈몸시〉라는 작품은 제목 그대로 몸으로 읊는 시라는 뜻이다. 장애로 인해 불편한 나의 언어가 미처 전달하지 못한 내 마음과 감정의 지극한 이야기를 몸을 통해 시를 읊어 가는 과정으로 보여 준 것이다.

나는 이 작품을 기획하면서 열병 같았던 첫사랑을 기억했다. 나는 그때의 기억과 그녀를 떠올렸다. 오브제가 된 곰인형에는 이미 그녀가 들어앉아 있었기에 나는 공연을 거듭할 때마다 매번 다르고 새로운 감정으로 집중할 수 있었다. 전하지 못한 말들이, 무작정 뜨겁기만 했던 감정이 오랫동안 길을 잃고 울고 있었는데 공연을 통해서 차츰 그 말들과 감정을 달랠 수 있게 된 것이다.

나는 사랑하는 그녀를 위해 입에 스푼을 물어 커피를 타고 발가락에 먹물을 묻혀 사랑의 시를 썼다.

© 온몸컴퍼니

내가 만약

내가 만약 자유로운 몸이었다면
너의 이마에 흐르는 땀방울을 닦아 줄 텐데
내가 만약 자유로운 몸이었다면
양손에 아이스크림을 들고
한없이 너에게 달려갈 텐데
내가 만약 자유로운 몸이었다면
너를 데리고 먼 곳으로 도망칠 텐데
이렇게 아무때도 쓸모없는 날 사랑해 달라면
넌 날 사랑해 줄 수 있겠니?

몸의 모든 감각을 깨워 전달하는 말과 언어가 가끔은 훨씬 더 진정성이 느껴진다는 것은 나 혼자의 생각이 아니었다. 공연을 본 관객 모두 깊이 공감하는 내용이었고 때문에 나도 긴 호흡의 몰입을 할 수 있었다. 그녀를 생각하면 해 주고 싶었던 것이 많아 괴로웠고 해 줄 수 없어 절망했던 일들이 뒤따랐는데, 공연은 그 복잡한 감정의 심장을 꿰뚫는 고통이었다.

나는 삶에서 주저함이 많았다. 야학에 첫발을 들였을 때도 그랬고 실험예술제 워크숍에 참가할 때도 그랬다. 하고 싶었던 마음은 가득했는데 바로 결정을 내릴 수 없었던 것은 그때 내게 든 확신과 희열만큼 누군가의 시선을 느꼈기 때문이다. 나를 받아줄까? 내가 어떻게 보일까? 하는 고민은 잠깐이거나 길게 늘 나를 간섭해 왔는데 그때마다 적잖은 고민이 동반되었다.

2015년 〈눈이 가는 길〉은 이러한 고민을 함께 나누고픈 의도에서 기획되었다. 비단 장애를 가진 나만 타인의 시선에서 자유롭지 못한 것은 아니다. 누구든 '평가'가 내재된 시선으로부터 자유로울 수 없고, 그 시선에 자신의 삶을 맞추기까지 한다. 이런 문제들을 서로 이야기하고 생각해 보고 싶었다.

나는 공연을 기획, 연출하고 안무를 하면서 우리가 나의 눈이 아니라 타인의 시선에 묶여 살고 있다면 그 사슬을 끊어 버리고 스스로 주인이 되어 살아가기를 다짐하는 시간을 만들고 싶었다. 지금 타인의 시선에서 자유롭지 못한 나와 또 내가 타인을 바라보는 시선을 성찰하고 보다 따뜻하고 정직한 눈길을 주고받으며 살자는 메시지를 전달하고 싶었다.

사실 〈눈이 가는 길〉은 2008년 〈IF〉 작품의 메시지를 확장하겠다는 생각으로 기획하였다. 〈IF〉는 장애를 가지고 있는 내 몸에 대한 이야기, 아니 대화였다. 나의 장애에 대해서 대화하자고 관객에게 말 걸기를 시도한 것이었다.

총 4장의 에피소드식 구성의 〈IF〉는 역지사지의 상황을 공연에 담고 있는데, 어느 조각가가 손가락을 다쳐 당분간 조각을 할 수 없다는

© 온몸컴퍼니

ⓒ 온몸컴퍼니

생각에 낙담하는 모습으로 제1장을 시작한다. 2장에서는 이 사실에 춤 추던 사람들이 혼란스러워하다가 3장에서는 저마다의 춤을 추자고 제 안하는 춤꾼이 등장해 모두들 흥겹게 춤을 춘다. 마지막 4장에서는 긴 꿈에서 깨어난 조각가가 조용히 무언가를 생각하는 내용이다.

손가락을 다친 조각가가 작품을 할 수 없다는 것은 분명 악몽과도 같은 현실이어서 좌절할 수 있지만 절망할 이유는 없다는 주제를 전달 하고 싶었다. 장애인, 비장애인 무용수들이 무대로 쏟아져 나와 흥겹게 춤을 추었고 관객들도 함께 신명나게 춤을 추며 공연은 절정에 도달했 다. 나는 스타워즈 요다 가면을 쓰고 관객들과 함께 신나게 춤을 추 면서 설명하기 어려운 후련함과 통쾌함을 맛보았다.

나는 공연을 통해서 우리 모두가 외부의 시선으로 스스로를 규정해 버렸다면 그것으로부터 해방되기를 소망했다. 그리고 나는 그동안의 나만의 이야기에서 벗어나고자 했다. 행위예술을 시작한 처음에는 나의 상처를 쏟아 냈고, 슬픈 작품들이 관객을 많이 울렸다. 그러나 이제는 장애인이 가지는 희망과 소망을 말하고 싶었다. 내 몸의 장애를 관통 하여 그것을 직시하고 장애인의 인권 등 점차 큰 담론에 접근해야 한다 는 과제를 깨닫고 이를 의식하기 시작했다.

꿈을 꿔! 꿈이 있다면 네게는 이미 큰 힘이 생긴 거야

...

나는 '움직임 워크숍 강사'로도 활동 중이다. 활동을 하다 보면 자연스레 장애예술가 인식 개선도 되는 것 같다. 그동안 공연했던 작품을 소략한 방식으로 장애인과 비장애인 성인을 대상으로 워크숍과 공연하면서 서로 다른 몸의 움직임을 인식시키고자 노력하고 있다. 나는 워크숍 중 많은 시간을 할애하여 직접 몸의 움직임을 경험하도록 지도한다. 참여자들은 자신의 몸에 대해서 새롭게 이해하고 나와 '다른' 몸을 이해할 수 있게 된다.

예술을 경험하면서 나와 다른 사람들을 이해하고 그들을 수용할 수 있게 되기를 기대하는 것은 그 어떤 가르침보다도 예술 활동을 통해서 느끼고 깨닫는 것이 분명하고 크다는 확신에서다. 나는 장애인도 무대 공연 예술 경험을 통해서 자신감을 가지고 세상에 나오기를 기대한다.

나는 지금 사회복지학을 공부하고 있다. 장애인의 복지가 금전적 지원에 그치는 것이 아니라 문화예술 향유를 통해서 자신에 대해서 깊이 이해하고 자존감을 회복하는 것에까지 이르기를 바라는 마음에서이다. 장애인들의 먹고사는 문제에만-물론 이것이야말로 가장 중요한 것이지만-치우친 장애인 정책은 자칫 장애인들이 장애를 빌어 생존하려는 태도와 의식을 만들 수 있다.

나는 예술이 사람을 변화시킬 수 있으며 국가와 사회를 움직일 수 있는 힘을 가지고 있다고 믿는다. 그렇기 때문에 나는 누구와도 공감할 수 있는 작가이고 싶고, 예술의 힘을 통해서 장애인들이 자신의 삶을 단단하고도 풍요롭게 가꾸어 갈 수 있기를 소원한다.

매번 해결하기 어려운 경제적인 어려움에 봉착하면서도 어렵게 공연단체 온몸컴퍼니를 꾸려 나가는 것 또한 이러한 이유에서다.

나는 장애 아동과 장애 청소년들은 물론 비장애 청소년들이 꿈을 갖고 삶을 포기하지 않기 바란다. 자신이 남에게 의존하고 다른 사람의 보살핌을 받아야 하는 존재가 아니라 다른 사람을 위로하고 그들에게 기쁨을 줄 수 있는 주체자란 것을 깨닫기 바란다.

이는 물론 장애인들에게만 국한되는 것은 아닐 것이다. 나처럼 장애를 이유로, 또는 다른 문제를 들어 스스로를 감춘 청소년들이 있다면 자신이 얼마나 소중한지, 또 자신이 믿을 수 없을 만큼 강한 힘을 가지고 있다는 것을 깨우쳐 주고 싶다. 나는 이러한 바람이 곧 내게 주어진 과제와 책무라고 생각한다.

나는 예술가로서 예술을 통해 그들에게 삶의 감동과 의지를 주고 싶다. 나는 장애인예술아카데미를 만들어 더 많은 장애인들에게 예술을 체험할 기회를 주고 그 체험을 통해서 꿈을 키워 가는 기회를 만들어 주고 싶다.

나는 오늘 꿈을 꾸지만 가까운 미래, 아니 좀 더 먼 미래가 되면 그것이 꼭 실현될 거라 믿는다. 그러면서 매일! 꿈을 꾸고, 매일 더 구체적으로! 계획하고 있다.

나는 예술가로서 명성을 얻고 시간이 지날수록 그것을 쌓는 일에 집중하지 않기를 바란다. 나는 장애인들의 동지이고 싶지 지도자이고 싶지 않다. 나는 장애인들의 모범이 되고 싶지 않다. 그들에게 장애를 극복한 의지의 장애인으로, 모범이 되는 사례로 남고 싶지 않다. 나는 개성 있는 행위예술가이며 장애를 가진 퍼포머, 예술가, 안무가, 무용수로 호명되는 현재에 집중할 뿐이다.

나는 청소년들에게, 청년들에게 꿈을 꾸라고 말하고 싶다. 꿈이 있다면 결코 삶을 포기하거나 낭비하지 않는다. 내가 좋아하는 책 『연금술사』에서 본 구절인데 너무 좋아서 이제는 나의 좌우명으로 삼고 있다. 그것은 '간절히 바라면 온 우주의 기운이 도와준다.'는 말이다. 간절하게 소원하는 것, 그것이 바로 꿈이다. 나는 행위예술을 처음 접하고 나서 정말 사람들에게 기억에 남는 퍼포머, 무용수, 행위예술가가 되고 싶었다.

나는 춤을 통해서 그동안 내어놓지 못한, 내 안에 쌓인 말들을 시원하게 쏟아 놓고 싶은 열망에 매일 몸이 뜨거웠다. 밥도 먹지 않아서 몸은 점점 말라 가고 무대 위를 뒹굴어 몸 여기저기에 옹이가 박혔지만 아픈 줄도 몰랐다. 두루뭉술한 동작이라고 거의 매일 지적을 받고 꾸중을 들으면서도 정말 행복했다. 말을 할 수 있든 없든, 혹 언어가 다르다고 해도 서로의 마음을 이해할 수 있는 길은 예술이다. 아름다운 것을 보고 함께 즐거워하고, 또 문제가 되는 것에 대해서 함께 고민하는 소통은 곧 문제 해결의 답을 적극적으로 낳는다.

꿈을 갖는 그 순간부터 나는 이전의 나와 다르다. 다른 생활을 하고 다른 눈빛을 갖는다. 누군가는 내가 정말 좋아하는 일, 하고 싶은 일이 꿈이라고 할지 모른다. 그러나 나는 좀 다른 생각을 한다. 정말 '간절하게' 내가 할 수 있는 일이 무엇인지 알고 그것을 하는 것 또한 꿈이다. 내가 할 수 있는 일이 무엇인지 알고, 찾고, 그것을 위해 최선을 다 하는 하루를 사는 것이야말로 꿈이 이루어지는 유일한 방법이다. 그리고 우리는 이 과정에서 깜짝 놀랄 내 안의 놀라운 힘이 스스로 돕고 있음을 보게 될 것이다.

육체가 보이는 풍경

...

작가로서 데뷔하기까지 김백기 선생님께 호되게 가르침 받은 것은 행운이었다. 우선 나는 선생님께 꾸중도 참 많이 들었다. 선생님은 장애인이 한 가지 동작을 할 때 비장애인보다 훨씬 더 많은 에너지를 소모한다는 것을 알고 계셨다. 때문에 스피드와 힘이 부족하고 동작의 연결이 매끄럽지 못할 수 있다는 것도 잘 알고 계셨다. 그러나 선생님은 장애인 몸에 대해 아는 것을 내게 적용하지는 않으셨다.

정확하지 않은 동작을 콕 짚어 내셨고, 선이 무디다며 다시 하기를 몇 번이고 요청하셨다. 입안에서 뜨거운 숨이 앙 다문 입술을 비집고 나왔고 그 열기로 입안은 온통 불바다였다. 선생님은 장애 때문에 어떤 동작을 하지 못한다는 것은 너가 예술가로서의 자격을 스스로 박탈하는 것이라 나무라셨고, 장애를 가진 나만의 동작, 나만이 쓸 수 있는 근육의 움직임에 대해서는 감탄하셨다.

"성국아, 예술가들은 기본적으로 타인을 즐겁게 해 주는 사람들이야. 그런데 말이지 예술은 여유가 있는 사람들만 즐기는 것이 아니야. 부자들만의 것이 아니라고. 예술은 모든 사람들이 즐기고 누려야 해. 그래야 삶이 풍요로워지는 거라고. 그러니 네 몸도, 네 춤도 모든 사람들을 위한 것이어야 해. 절대 잊지 말라고."

선생님은 참 호되게 나를 다그치셨다. 무대를 보여드리고 나면 "무슨 말을 하고 싶었던 거냐?"며 내 기분 따위는 상관없이 지적하셨고 "감동이 없네."라며 냉정하게 평가하셨다. 지금은 제주도 서귀포에 있는 예술공간의 문화충전소 배터리의 예술감독이신 선생님은 아직도 나의 창조 에너지의 원천이고 내 길의 구체적인 이정표이다. 지금도 가끔 제주도에서 개최하는 제주국제실험예술제에 가서 공연할 때면 관객인 선생님이 감독으로 느껴질 때가 왕왕 있어서 긴장하고 있다.

공연 이후 저녁 회식자리에서는 한때 공연에 미쳐 수입도 없이 초라하고 작은 무대에서도 혼신의 힘으로 연기했던 열정을 이야기하며 웃었다. 실험예술제 이후부터 데뷔 직전까지 몇 년간은 무대에 설 수만 있다면 그까짓 돈쯤은 문제가 되지 않았다. 며칠간 들떠서 밤새 연습을 했고, 아침에서야 달려드는 허기를 이기려고 편의점으로 달려가 컵라면을 욱여 넣었던 일은 아름다운 추억이다.

나는 주량이 소주 두 병인데 취했는지를 알 수 있는 것은 세상이 조용해지고 내 몸도 흔들림 없이 편안하게 쉬기를 시작했을 즈음이다. 그때에 이르면 선생님과 나, 그리고 나의 참 좋은 친구 만년이 형, 영민이 형은 어김없이 미래에 대해서 이야기를 시작한다. 예술의 미래를 걱정하면서 격앙되던 목소리는 곧 우리의 미래 이야기로 옮겨오면서 힘이 빠지고 조용해졌다가 그래도 잘될 거라며 의지를 잃지 말자는 격려와 다짐으로 끝을 맺는다. 참 건강하고 바람직한 대화는 대부분 다음 날까지 이어지기 일쑤인데, 술이 깨어서는 나눴던 말들이 모두 기억나는 것은 아니어서 고민도, 희망도 늘 그대로 남았다. 제주도의 밤공기는 내 몸의 독소를 밖으로 이미 말끔하게 털어 버렸지만 말이다.

현실에 대한 남루한 걱정일랑 날려 보내고

...

나는 지금도 가끔은 내가 마음에 들지 않는다. 무대 위에서 느껴졌던 에너지와 카리스마는 실제 공연 속에만 존재해서 현실의 나는 소심하고 두려움이 많다. 당장 이번 여름의 대만 공연 연습도 벌써부터 걱정이고 통역 없이 가야 하는 전체 일정을 잘 해 낼 수 있을지도 걱정이 크다. 아직도 예술가 강성국이 아닌 모든 강성국은 작고 약하다.

그러나 나는 오늘 첫걸음에도 주문을 외듯 힘차게 기합을 불어넣는다. 모든 새롭고 낯선 것들 앞에서, 무대가 아닌 모든 환경 속에서 작아지는 나를 일으켜 세우기 위해서 야무지게 목소리에 힘을 싣는다.

지금 내 앞의 과제는 작지 않다. 그러나 내 꿈 또한 작지 않다. 나는 최대한 차근차근 침착하게, 조용하게 과제를 해결해 갈 계획이다. 그래서 결국에는 꿈을 이룰 것이다. 솔직하게 가끔은 내가 너무 작게 느껴져서 두렵고 무섭기도 하지만 그럴 때마다 나는 내 안의 무궁무진한 에너지를 불러낸다.

그 힘이 반갑게 응답해 줄 것을 믿는다.

사랑하는 내 자신아

저 산을 보아라 내 자신아
어떤 비바람이 몰아쳐도 꿋꿋이 견디지 않는가
저 섬을 보아라 내 자신아
아무도 찾아주지 않아도 늘 그대로이지 않는가
내 자신아
지금 거센 힘겨움이 몰려오고
아무도 알아주지 않는다고
슬퍼하거나 넘어지지 말아라
넌 이 넓은 세상에서 위대한 존재임을
늘 잊지 말아라

| 주요 경력 |
온몸컴퍼니 대표

국내 공연
2017년 09월 제37회 전국장애인체육대회 개회식 공연
2017년 09월 대한민국장애인국제무용제 〈appearance, intermezzo〉 공연
2017년 07월 대한민국장애인국제무용제 출범식 & 사진전시회 〈몸으로 만나다〉 공연
2017년 04월 2017 장애인의 날 기념 함께서울 누리축제 〈몸으로 만나다〉 공연
2016년 12월 〈기억에 담긴 냄새〉 안무 및 출연
2016년 09월 대한민국장애인국제무용제 〈만남, keep going〉 공연
2015년 11월 〈눈이 가는 길〉 연출 및 출연
2015년 06월 17회대 구무용제 〈Brother〉 출연
2013년 11월 한-대국제교류공연 기획 및 연출
2010~2013년 강성국의 복합극 〈Oh! Baby〉 연출 및 출연
2008~2015년 무용극 〈brother〉 출연
2006년 CJ영페스티발 무용 부문 수상 및 공연 외.

해외 공연
2017년 빅토리아 ROMP! festival of dance 〈Brother〉
2016년 대만 Sixth sense 페스티발 초청공연 〈Keep going, intermezzo〉
2015년 모스크바 초청공연 및 워크숍
2014년 베를린 Cokaseki 초청공연 및 워크숍 〈Keep going〉
2014년 뉴욕한국문화원 초청공연 오픈스테이지 〈brother〉
2013년 슬로우바키아 초청공연 〈brother〉
2012년 대만 Sixth sense 페스티발 초청공연 〈Oh! Baby〉
2010년 모스크바 Protheatr 페스티발 〈brother〉
2009년 독일 베를린, 마인츠 페스티발, 스위스 4개 도시 순회공연 〈brother〉
2008년 호주우드포드포크 페스티발 〈몸시〉
2007년 영국 템즈강 페스티발 〈몸시〉 외.

| 학력 |
2010년 한국방송통신대학교 영상미디어학과 졸업
2006년 한국복지대학 광고홍보학과 졸업
현) 고려사이버대학교 사회복지학과 재학 중.

| 수상 |

제1회 CJ YOUNG FESTIVAL 무용 부문 최우수상
제2회 홍대앞 문화예술상 시상식 신인류예술가상
2004 코바코 대학생 광고대상 특별상
제1기 서울아티스트 선정
2006 신진예술가 선정 외.

| 영화 |

2015년 장편 〈눈이라도 내렸으면〉 주연
2011년 단편 〈늘 꿈꾸는 무용수〉 주연
2010년 단편 〈나오길 잘했다〉 주연
2006년 장편 〈몸짓〉 주연 외.